長編小説

とろめき村の淫ら合宿

葉月奏太

竹書房文庫

目次

この作品は竹書房文庫のために
書き下ろされたものです。

第一章　欲情する新人ＯＬ

1

四月のとある日、川田和樹《かわだかずき》は甲信越地方の小さな駅にいた。

時刻はもうすぐ午後一時になるところだ。気温は東京よりも低いが、この時間は日が照っているため暖かい。コートを着ていると汗ばむほどで、スーツだけでちょうどよかった。

（それにしても田舎《いなか》だな……）

和樹は周囲を見まわして、思わず心のなかでつぶやいた。

予想していた以上に辺鄙《へんぴ》なところだ。駅前は閑散としており、ロータリーには自分たちが乗るマイクロバスが一台だけ停まっていた。

和樹は化粧品メーカー「プレミアムヴィーナス」の社員だ。

入社三年目の二十五歳で総務部に配属されている。今年の新人研修を担当すること になり、ついに本番当日を迎えた。これから二十名の新入社員が集合して、四泊五日の新人研修合宿を行う予定だ。

昨年は上司のサポートだったが、今年は自分が担当者になったので緊張感がまるで違う。しかも企画段階で問題が起きて、一時はどうなることかと思った。

毎年、新人研修を行っていたオリエンテーション施設が、急遽、老朽化で建て直すことになったのだ。それがわかったのが、今年に入ってからだった。慌てて代わりの施設を探したが、そう簡単には見つからなかった。

主要なオリエンテーション施設は予約でとっくに埋まっていた。

何十軒も電話したが、すべて断られた。日程をずらしても、空きはまったくない状態だった。

オリエンテーションの専用施設にこだわっている場合ではなかった。検索範囲をひろげて懸命に探した。そして、この駅から車で二十分ほどの村にある合宿施設を見つけた。

しかし、直前にもかかわらず空きがあるのも不安だ。なにか問題があるのではないかと、念のため詳しく調べた。

その結果、とくに問題はなかった。ただ単に、なにもない村なので人気がないらしい。レジャー施設はおろか、食事をするところも駅前に数軒あるだけだ。景観がよいわけでもなく、特産品があるわけでもない。そのうえ辺鄙な場所にあるので、利用者が少ないようだ。

村人や近隣の住人が集会をするときにしか使っていない。数年前にどこかの大学の体育会系クラブが合宿を行ったらしいが、退屈な場所だったというレビューが書きこまれていた。

実際、目の前に立っている駅舎は小さく、周辺にも歩行者はほとんどいない。三十分以上前からここにいるが、車も数台しか見ていなかった。

しかし、今回は観光が目的ではないので問題ない。

村で管理しており、合宿施設はきれいに保たれているらしい。村の職員が食事も用意してくれるという。朝早く出勤して、夕飯の片づけを終えると帰宅するようだ。人気がないので格安で使えるのもよかった。

和樹と上司の松本真理恵《まつもとまりえ》は、早めに到着して現地を確認している。

なにかと必要なのでレンタカーを借りて、和樹の運転ですでに合宿施設を確認している。なにもない場所だが、新人研修には最適だった。

「そろそろ時間ね」

声が聞こえて振り返ると、真理恵がマイクロバスから降りてきた。

真理恵は総務部の課長だ。三十二歳の既婚者で、昨年は和樹が彼女のサポートをして新人研修合宿のやり方を勉強した。今年は真理恵がサポートにまわり、和樹を支えてくれている。

今日の真理恵はグレーのスーツに身を包んでいる。

仕事ができるだけではなくスタイルも抜群だ。スラリとしていながら胸もとは大きくふくらんでおり、タイトスカートのヒップは張りつめている。腰が細く締まっているため、女体の曲線が強調されていた。

自分の仕事には妥協しないが、性格は穏やかで面倒見がよいタイプだ。部下たちから慕われており、和樹も上司として信頼していた。

「あと何人？」

真理恵が隣に立って尋ねる。

そのとき、緩やかな風が吹き抜けた。艶《つや》やかな黒髪が舞いあがり、日の光を受けてキラキラと反射した。

「あとひとりです」

和樹はファイルを確認して答える。

集合時間は午後一時だ。予定があるので出発を遅らせたくない。ある程度、余裕をもって計画してあるが、不安で落ち着かなくなった。

（遅いな……）

腕時計で時間を確認しては、駅舎の出入口に視線を向けることをくり返す。焦りのあまり、額に汗がじんわり滲《にじ》んでいた。

「大丈夫よ。少しくらい遅れても問題ないわ」

真理恵がやさしく語りかける。

隣に視線を向けると、真理恵は安心させるように微笑んだ。

今回の新人研修合宿の計画は和樹が立てたものだが、真理恵のチェックも入っている。アドバイスを受けて何度か修正をしたうえで完成させた。昨年まで担当していた真理恵が確認しているのだから間違いないはずだ。

「一時ちょうどに到着する電車があるわ。それに乗ってくるんじゃない？」

真理恵がそう言った直後、電車が走ってくるのが見えた。

減速しながらホームに滑りこんで停車する。和樹は祈るような気持ちで、駅舎の出入口を見つめた。

　バラバラと出てくる人のなかに、濃紺のスーツを着た若い女性がいる。マイクロバスを見ると、小走りに近づいてきた。

「あの……こちらはプレミアムヴィーナスの新人研修ですか？」

　消え入りそうなほど小さな声で尋ねてくる。

　引っこみ思案なのか、いかにも気が弱そうだ。幼さの残る愛らしい顔に、不安の色がはっきり浮かんでいた。

「新入社員の方ですね」

　和樹は内心ほっとしながら答える。これで全員そろったので、ほぼスケジュールどおりに進行できそうだ。

「は、はい……遅れて申しわけございません」

「大丈夫ですよ。お待ちしていました。お名前を教えていただけますか」

　できるだけやさしく声をかける。

　最近の新入社員は、いやなことがあるとすぐに辞めてしまう。企業にとって人材確保は重要課題のひとつだ。新人研修が終わってすぐに辞退者が出たりしたら、和樹が責任を問われる。接しかたには細心の注意を払う必要があった。

「中山日菜乃《なかやまひなの》です」

「中山さんですね。では、バスに乗ってお待ちください」

ファイルの名簿で確認する。

新卒の二十二歳だが、年齢以上に幼く見えた。セミロングの黒髪が眩《まばゆ》くて、濃紺のスーツが初々《ういうい》しい。まだスーツは似合っていないが、社会人としての自覚が出れば自然と板についてくるだろう。

「課長、全員そろいました」

「時間通りね」

真理恵も安堵したのか微笑を浮かべる。

和樹と真理恵もマイクロバスに乗りこむと、さっそく出発した。

マイクロバスは村の所有で、合宿施設を利用すると出してもらえる。運転手は村の職員というのもありがたい。人気のない施設だが、結果として今回のオリエンテーションには最適の場所が見つかった。

駅を出発してしばらくすると、緩やかな山道に差しかかる。木々が生い茂るなかをゆっくり登り、二十分ほどで合宿施設に到着した。

森のなかに立っている二階建ての建物だ。

ホテルではないので飾り気はないが、手入れが行き届いている。クリーム色の外壁も窓ガラスも、きれいに磨かれていた。

バスを降りると、あらためて周囲に視線をめぐらせる。

木々に囲まれているだけで、ほかにはなにもない。景色を楽しむような場所ではないが、空気は澄んでいる。東京に住んでいるときは気づかないが、こういう場所に来るときれいな空気がおいしいと感じるものだ。

（いよいよだぞ）

和樹は心のなかでつぶやいた。

ついに四泊五日の新人研修合宿がはじまる。新入社員たちに社会人としての自覚を持ってもらうのと、仕事の内容を理解してもらうのが目的だ。同時に仲間とコミュニケーションを取ることで、職場での意思疎通を円滑にする。なにより、楽しくてやりがいのある仕事だと思ってもらわなければならない。

そのためには、ただ厳しくするだけではなく、ときにはやさしく手を差し伸べることも必要になる。

（今度は俺がみんなを助ける番だ）

自分が新入社員だったときのことを思い出す。

あのときは、真理恵がずいぶん気に懸けてくれたおかげで助かった。化粧品会社なので、同期は女性ばかりで緊張した。この先やっていけるか不安になっていると、真理恵がなにかと声をかけてくれたのだ。

おそらく、和樹の不安を見抜いていたのだろう。真理恵の気遣いがなければ、つづかなかったかもしれない。だからこそ、この新人研修合宿で脱落者をひとりも出したくなかった。

なんでも相談できる上司がいると思ってもらうことも重要だ。

ただひとつだけ問題がある。二十名の新入社員は全員女性だが、正直なところ異性と話すのが苦手だった。

とはいえ、仕事で話すのは問題ない。しかし、例えばちょっとした雑談とか、親身になって相談に乗るという場面になると自信がなかった。

女心が今ひとつわからない。大学生のときは交際していた彼女がいたが、和樹が鈍《にぶ》いせいか怒らせてしまうことがよくあった。そのせいか、いつしか女性との会話に苦手意識が芽生えていた。

しかし、苦手などと言っている場合ではない。新人研修の担当になった以上、最後までやり遂げるしかなかった。

「各自部屋に荷物を置いたら、一階の集会室に集まってください。このあと二時から会社説明の講義を行います」

マイクロバスから降りてくる新入社員たちに声をかける。

部屋割りは車内で渡してある。和樹と真理恵はひとり部屋だが、新入社員たちはふたりひと組の相部屋だ。同期でいろいろなことを語り合うことで、協調性を養ってもらう狙いがあった。

2

午後二時になり、集会室には二十名の新入社員が集まっている。

高校の教室くらいの広さで、先ほど和樹と真理恵がふたりで折りたたみ式のパイプ椅子を並べた。

前方にはホワイトボードがあり、大型スクリーンまで設置されている。DVDなどの再生機器も充実しており、マイクやスピーカーもそろっていた。オリエンテーションの専用施設ではないが、まったく問題なかった。

「まずは、みなさんに会社説明のDVDを見てもらいます。そのあとで補足の説明を行い、質問なども受けつけます」

和樹の言葉を新入社員たちが真剣な面持ちで聞いている。注目されると緊張してしまう。しかも、全員女性というのが、なおさら和樹を追いつめる。それでも声が震えそうになるのをこらえて話を終えると、なんとかＤＶＤを再生した。

いったん集会室のうしろにまわり、椅子に腰かける。緊張のあまり額と腋《わき》の下が汗ばんでいた。

「そんなに硬くならなくても大丈夫よ」

隣に座っている真理恵が声をかけてくれる。

緊張しているのが伝わったらしい。落ち着かせるように、柔らかい笑みを浮かべて見つめていた。

「大勢の前で話すことがないので……」

「すぐに慣れるわ。それに、きちんとできてるわよ。なにかあれば、わたしがフォローするから安心して」

真理恵にそう言われると、気持ちが少し楽になった。

信頼できる上司がいるのは心強い。自分も新入社員たちから頼られる先輩になりたかった。

「はい、ありがとうございます」

返事をするが、緊張が完全に解けることはない。

それでも、やる気だけはある。事前にまとめておいた資料に目を通して、これから話すことを確認した。

DVDの再生が終わると、和樹は再び前に立った。

会社の沿革と各部署の仕事内容、そして商品である化粧品の説明を行う。最近は肌に負担の少ないオーガニックコスメが人気だ。地球にもやさしい天然素材が時代の流れに合っており、主力商品になっていた。

和樹はホワイトボードも使って説明する。

何度もシミュレーションをしたので、自分でもうまく話せていると思う。実際、新入社員たちは、和樹の説明を熱心に聞いていた。

和樹はこの会社に入るまで、化粧品に興味はまったくなかった。自分の髪形にも無頓着だったのに、女性用のコスメなどわかるはずもない。呑気な学生だったので、就職活動の時期になって慌てた。求人があったのでダメもとで応募したところ、運よく入社できたにすぎない。

そんな状態だったので入社してから苦労した。上司が面倒見のよい真理恵でずいぶん助けられた。

「なにか質問はありますか」

ひととおりの説明を終えると、全員を見まわして語りかける。

最前列の中央には、遅刻ギリギリで来た中山日菜乃が座っていた。目が合うと自信なさげに顔をうつむかせる。当てられると思って、無意識のうちに視線をそらしたのだろう。

（俺もそういうことがあったな……）

和樹も経験があるので、日菜乃の心情がよくわかる。

わざわざ当てたりするつもりはない。新入社員たちによけいなプレッシャーを与えたくなかった。

ほとんどの新入社員たちが、おどおどと視線をそらす。だが、そのなかにひとりだけ、まっすぐ和樹を見つめている者がいた。

日菜乃の隣に座っている女性だ。

席順はこちらで指定してある。手もとの名簿で確認すると、彼女は日菜乃と相部屋の工藤杏奈《くどうあんな》だ。意志の強そうな切れ長の瞳に思わず気圧《けお》される。クールな感じで、二十二歳とは思えないほど落ち着いていた。

杏奈は目が合っても怯《ひる》むことなく、右手をすっと挙げる。

「どうぞ……」

和樹は緊張を押し隠して指名した。

「配属先についてですが、面接で伝えた希望はとおるのでしょうか」

杏奈は抑揚の少ない声で質問する。

どこか攻撃的な感じがするのは、まだ配属先が決定していないことに対する不満からではないか。

（そういうことか……）

和樹も経験があるのでよくわかる。

就職できたのはよかったが、販売店に配属されたらどうしようと不安だった。当然ながら顧客の大半が女性なので、男の自分にはむずかしいと思っていた。総務部に配属されたのでほっとしたが、杏奈の気持ちは理解できた。

「この新人研修合宿が終わったら、みなさんには各部署での実地研修を行ってもらいます。そのうえで、あらためて希望を出してもらうことになります」

和樹はこれからの流れを丁寧に伝える。

配属先については、杏奈だけではなく全員が気になっていることだろう。だが、すぐに決まるわけではなかった。

「希望がとおらない場合もあるということですか」

杏奈は納得がいかなかったのか、不服そうな表情を浮かべた。

自分をしっかり持っているタイプらしい。希望する部署に配属されなかったら、会社を辞めそうな雰囲気だ。

「それは……できるだけ希望に添うように配慮はしています」

「ということは、違う部署になる可能性もあるのですね」

杏奈は一歩も引こうとしない。

白黒はっきりさせたい性格なのだろう。しかし、必ずしも希望がとおるとは限らない。それに人事部が決めることなので、詳細までは把握していなかった。だが、辞めると言い出したら困る。ここは丸く収めたいが、適当なことを言えばあとでトラブルになりかねない。

「ひとつの部署に大勢の希望が集中してしまった場合など、どうしても分散させなければなりません」

額に汗がじんわりと滲む。ここは毅然《きぜん》とした態度で答えるべきだと思って、懸命に平静を装った。

「それはわかりますけど、やっぱり希望する部署で働きたいです」

杏奈はとことんまで追及しないと納得できないようだ。

ときおり同意を得るように周囲を見まわす。もしかしたら、みんなの気持ちを代弁しているつもりなのかもしれない。

「働く意欲があるのはよいことだと思います。でも、本人の希望と適正が違うこともあります。一度配属されたからといって、ずっとそこにいるわけではありません。配置転換を申し出ることもできます」

和樹は懸命に言葉を紡《つむ》いだ。

初日からこんな話をすることになるとは思わなかった。緊張のあまり腋の下が汗で濡れていた。

「わかりました。ありがとうございます」

杏奈はとりあえず引きさがった。

心から納得はしていないようだが、会社の事情もわかってくれたらしい。まじめでリーダーシップのあるタイプのようだ。少々扱いにくいが、間違ったことは言っていなかった。

「ほかに質問などはないですか。では、今日の講義はここまでです。晩ご飯まで自由時間です。お疲れさまでした」

なんとか、はじめての講義を無事に終えた。

新入社員たちが部屋に戻っていく。和樹は初日だというにどっと疲れて、大きく息を吐き出した。

「よかったわよ」

真理恵が声をかけてくれる。労《いたわ》るような微笑を浮かべて、肩をポンッとたたいてくれた。

「はじめてにしては上出来じゃない」

「そうでしょうか……」

自分としては、あまりうまくいかなかった印象だ。杏奈の質問に対して、的確な答えを返せなかった。

「もっと、うまい説明の仕方があったんじゃないかと……」

「杏奈さんみたいに生真面目《きまじめ》なタイプは、扱いがちょっとむずかしいわね。実際に働きはじめたら、わかってくれると思うわ」

真理恵の言うこともわかる気がする。

杏奈のように物怖じしない女性は、正直なところ苦手だ。嫌われると大変そうなので、避けることなくコミュニケーションを取っておくべきだろう。

「さっきみたいにガンガン来られると、どうしても慎重になってしまいます。そうすると、よけいに伝わらない気がして……」

「慎重になるのもいいけど、ガツンと言うことも必要よ。なにかあったらフォローするから、思いきってやりなさい」

「でも……」

「川田くんなら、きっと大丈夫よ。ここまでがんばってきたんじゃない。あなたに任せてよかったと思ってるわ」

真理恵の言葉が胸に染みわたる。

これまでの苦労が報《むく》われた気がして、こみあげてくるものがあった。思わず涙ぐみそうになり、ぐっとこらえた。

(もっと、がんばらないと)

気持ちを新たに、この新人研修合宿を必ず成功させると心に誓った。

「晩ご飯は六時からね。部屋に戻って休憩しましょうか」

「そうですね」

おのおの部屋に戻って休憩することにした。

合宿施設の一階に集会室と食堂、それに大浴場がある。宿泊する部屋は二階だ。和樹の部屋は階段をあがってすぐのところにあった。

真理恵は隣の部屋だ。廊下で別れると、それぞれの部屋に入った。

十畳の和室で、トイレはあるがバスルームはない。風呂は大浴場を使うことになっている。旅館ではないので、テレビも冷蔵庫も置いていない。ただ寝るためだけの部屋だ。押し入れに布団があり、各自で敷くことになっていた。

部屋はすべて同じ造りだ。新入社員は同じ広さの部屋に、ふたりで泊まることになっていた。

（ゴロゴロしたいところだけど……）

晩ご飯まで時間はあるが、のんびりしていられない。和樹はバッグから研修の資料を取り出すと、目を通しはじめた。

先ほどの講義を反省して、あらためて気合を入れる。

四泊五日の長丁場だ。真理恵に褒められたことで、やる気に満ちている。明日からのスケジュールを何度もくり返し確認した。

（おっ、もうこんな時間か）

気づくと午後六時五分前になっていた。

急いで一階の食堂に向かうと、すでに真理恵と新入社員たちがそろっていた。広い部屋にテーブルと椅子が並んでいる。掃除の行き届いた清潔な空間だ。

村の職員がいて、食事の支度をしてくれる。

調理師免許を持っているという年配のおじさんが中心となり、ふたりのおばさんが手伝っていた。

村にはとくに名産がないということで、めずらしい食材は期待できない。それでも食事の味つけはよく、充分に満足できるものだった。

このあとは風呂に入って就寝だ。

朝食は午前七時からとなっている。村の職員は晩ご飯の片づけをして帰り、朝早くに出勤するという。なにもない村なので、食事の用意をしてもらえるのはありがたかった。

「朝早いので、みなさん、しっかり睡眠を取ってくださいね」

真理恵が食堂を出ていく新入社員たちに声をかける。威圧感のない穏やかな声音《こわね》が耳に心地よかった。

「明日の講義は九時からです」

和樹も真理恵にならって声をかける。

女性ばかりで緊張するが、そんなことは言っていられない。彼女たちも緊張しているはずなので、こちらから積極的に接するように努めた。

3

男は和樹だけなので、大浴場をひとりで使えるのはラッキーだった。

貸し切り状態でゆっくり湯に浸かることができた。女性ばかりで大変だが、風呂はひとりでリラックスできてよかった。

部屋に戻ると楽な黒いジャージに着替えて、資料を眺めたりしながら少しのんびり過ごした。

午後十時になり、合宿施設の見まわりをするため部屋を出る。山のなかの施設なのでなにも起こらないと思うが、なにしろ若い女性が大勢いる。念には念を入れて、唯一の男である和樹が注意を払う必要があった。

まずは二階の廊下を端から端まで歩いて、変わったことがないかチェックする。さらに一階に降りると、廊下だけではなく集会室や食堂も確認した。

（とくに問題はないな）

念のため正面玄関の鍵《かぎ》をチェックする。

すると、鍵がかかっていなかった。村の職員が最後に閉めて帰るはずだが、かけ忘れたのだろうか。

（なんか、いやだな……）

不安が胸にこみあげる。

合宿施設内に侵入者の形跡はなかった。いや、女性たちの部屋まで確認したわけではない。もし何者かが部屋に入りこんでいるとしたら、そして女性たちが助けを求められない状況に陥《おちい》っているとしたら大変な事態だ。

（ど、どうすれば……）

とりあえず、玄関から外に出てみる。

駐車場の街路灯がマイクロバスとレンタカーのセダンだけを照らしていた。

村の職員は自家用車で通勤している。この合宿施設は山奥にあるので徒歩で来ることはできない。侵入者がいるにしても、車を使うはずだ。だが、それらしき怪しい車は停まっていなかった。

ただ単に鍵をかけ忘れただけかもしれない。

それなら問題はないが、念のため建物の周囲をチェックするべきだろう。新入社員たちに、なにかあってからでは遅いのだ。

玄関の脇に置いてあった懐中電灯を借りて、まずは駐車場を一周した。すると、駐車場の隅から森のなかにつづく細い道を発見する。どうやら、散策路らしい。

（この奥に誰か潜んでいたりしないよな……）

ふとそんなことを考えて恐ろしくなる。

だが、不審者が潜んでいる可能性がある以上、確認しないわけにはいかない。なにしろ、和樹は新人研修合宿の担当者だ。みんなの安全を確保するのも大切な役割のひとつだ。

（鍵が開いていたんだから、一応確認しとかないと……）

勇気を振り絞って散策路に足を踏み入れる。

懐中電灯で足もとを照らしながら、薄暗い森のなかを進んでいく。雑草が生い茂って獣道《けものみち》のようになっている。頻繁《ひんぱん》に人が歩いているわけではないらしい。ふと視界の隅に赤いものが映ってドキリとする。

（なんだ。花かよ……）

顔をあげて横を見ると、まっ赤な花が咲いていた。

しかも、ぽつぽつとだが広範囲に咲いている。駐車場の周辺にはなかったので、森の奥にだけ自生しているらしい。足もとにばかり注意を払っていて、花にはまったく気づかなかった。

(バラかな……いや、バラにしては小さいか)

花には詳しくないのでよくわからない。

甘い香りがほのかに漂っている。たくさん咲いているが、一カ所にまとまっていないので今ひとつ見応えがない。村の名物になるような光景ではなかった。

(そろそろ戻ろうかな……)

これ以上、奥に行ったところでなにもないだろう。

駐車場の街路灯の光が、かろうじて届く距離だ。それも木々の枝ごしなので、かなり暗かった。

こんなところに人がいるはずがない。そう思って引き返そうとしたとき、かすかな物音が聞こえた。

(なんだ?)

胸の鼓動《こどう》が一気に速くなる。

奥に誰かいるのだろうか。こちらの存在に気づいたら襲ってくるかもしれない。そう思って、とっさに懐中電灯のスイッチを切った。

あたりが暗闇に包まれる。

目がなれるまで、じっとして動かない。その間も物音が聞こえている。衣擦《きぬず》れのような音とピチャッという水が弾《はじ》けるような音だ。いずれも耳をそばだてないと聞こえないくらい小さかった。

やがて目が暗さになれてくる。街路灯のわずかな明かりでも、なんとなく周囲が見えるようになった。

少し先に東屋《あずまや》がある。

どうやら、音はそこから聞こえるらしい。怖くて逃げ出したくなるが、確認しないわけにはいかない。

屋根があるだけで壁はない。そこに人影らしきものが見えて、さらに緊張が高まった。息を殺してじっと見つめる。どうやら、ベンチがあるらしい。何者かがこちらに背中を向けて腰かけていた。

（だ、誰なんだ？）

恐怖のあまり身動きできない。

座っている人物は、和樹の存在にまったく気づいていない。今のうちに逃げたほうがいいのではないか。そう思って、あとずさりしようとしたときだった。

「あっ……」

微かな声が聞こえた。

女性の声に間違いない。薄暗いなかに目を凝らすと、髪が長いのがわかった。ベンチに座っているのは女性だ。もしかしたら、新入社員の誰かではないか。散歩にでも出たのだろうか。

そうだとすると正面玄関の鍵が開いていたのも納得だ。

侵入者があったわけでもなく、鍵をかけ忘れたわけでもない。建物のなかにいた者が外に出たのなら、鍵が開いていてもおかしくない。

外出禁止にしておくべきだった。なにもない山奥なので、外に出る者がいるとは思わなかった。遅い時間なので、放っておくわけにはいかない。それにしても、こんな暗いなかでなにをやっているのだろうか。

「ンンっ……」

またしても小さな声が聞こえた。

もしかしたら泣いているのではないか。新人研修でプレッシャーを感じているのだろうか。それなら悩みを聞くのも自分の役割だと思った。

それにしても誰だろうか。女性はベンチの背もたれに寄りかかり、顔を少し上向かせていた。

（なにか、おかしいな……）

女性の息づかいが荒くなっている。

もしかしたら、具合が悪いのだろうか。ときおり衣擦れの音がして、ピチャッ、クチュッという湿った音も聞こえた。

「はンっ……あンンっ」

なにやら悩ましげな声が漏《も》れている。

妖《あや》しい雰囲気が漂っており、声をかけるのをためらった。とにかく、なにをしているのか確認しようと、足音を忍ばせて東屋に歩み寄る。ベンチに腰かけている女性を真横から見る位置になった。

（なっ……）

思わず両目をカッと見開いた。

危うく大きな声をあげそうになり、ギリギリのところで呑みこんだ。そのまま凍りついたように動けなくなる。

東屋のベンチに腰かけているのは工藤杏奈だった。

クリーム色のスウェットを着ているが、上着を大きくまくりあげている。白いブラジャーも上にずらされており、乳房が剝《む》き出しだ。肌が白いため、双《ふた》つのふくらみが薄暗いなかに浮きあがって見えた。

左手を自分の乳房にあてがって、ゆったり揉みあげている。乳房は小ぶりだが張りがあり、薄ピンクの乳首がツンと上向きだ。そこを指先で摘《つ》まんで、クニクニと転がしていた。

（な、なにを……）

状況が理解できない。

予想外の光景を目にして、思考が完全に停止してしまう。見間違いではないかと思うが、確かに瑞々《みずみず》しい乳房が揺れていた。

わけがわからないまま、ゆっくり歩を進める。斜め前から見える位置まで移動すると、あらためて杏奈の姿を凝視した。

（ど、どうして……）

乳房だけではなく、下半身も露出している。

ズボンとパンティも膝までおろして、膝を左右に開いているのだ。ふっくらとした恥丘に、陰毛が申しわけ程度に生えていた。白い地肌がうっすらと透けており、その下にはミルキーピンクの陰唇まで見えている。

しかも、杏奈の右手が股間に伸びていた。

手のひらを恥丘に重ねて、中指を陰唇に這わせている。割れ目はとろみのある蜜で濡れ光り、指先を上下に動かすたび、湿った音が響きわたった。

「ああっ……」

杏奈の半開きになった唇から色っぽい声が溢れ出す。

目をそっと閉じて、ベンチの背もたれに寄りかかって身体を仰《の》け反らせている。せつなげな表情で、天を仰《あお》ぐような格好になっていた。

（これって、やっぱり……）

信じられないが間違いない。

杏奈は森のなかのベンチに座り、オナニーをしている。しきりに右手の指先を動かして、快楽を貪《むさぼ》っていた。行為に夢中になるあまり、和樹が見ていることに気づいていなかった。

「はンンっ……」

乳首を摘まんで指先で転がすたび、唇からたまらなそうな吐息が溢れる。その間も陰唇を撫でつづけており、腰が小刻みに震えていた。

「ンっ……ンっ……ああっ」

気分が盛りあがっているのか、声が大きくなっていく。乳首と股間をいじる指の動きが速くなっている。

（あの工藤さんが……）

今日の講義を思い返す。

杏奈だけが、ただひとり質問をくり返した。まじめで臆《おく》することのない姿が印象に残っている。新入社員のなかでは、もっともリーダーの資質があると感じた。そんな杏奈が森のなかのベンチでオナニーをしているのだ。

「あっ……あっ……」

愛蜜の弾けるクチュッ、ニチュッという音が森のなかに響いている。

杏奈は自分で乳房を揉んで、硬くなった乳首を転がしつづける。さらには股間に伸ばした右手の中指を、割れ目の狭間《はざま》に沈みこませた。

「ああンっ」

腰がビクッと震えて、同時に湿った音が聞こえる。

膣《ちつ》に指を挿入したことで、なかにたまっていた愛蜜が溢れ出したらしい。指を出し入れすると、蜜音がさらに大きくなる。吐息がどんどん荒くなり、今にも昇りつめそうな雰囲気だ。

「はあっ、も、もう……ああっ」

オナニーに没頭して、腰を右に左にくねらせる。

あのクールで凛《りん》とした杏奈が、蕩《とろ》けた表情になって膣に埋めこんだ指を出し入れしているのだ。

「あンっ、い、いいっ、ああンっ」

杏奈が甘い声を漏らしながら、指の動きを速める。

華蜜の弾ける音と喘ぎ声が重なり、森の空気が淫靡《いんび》に染まっていく。指を深く埋めこんで、硬くしこった乳首を強く摘まむ、暗闇のなかで腰をくねらせて、背もたれに寄りかかって股間を突き出した。

「も、もうっ……はンンンンンンッ！」

杏奈の眉がせつなげに歪んだ。

下唇を嚙《か》みしめると、懸命に声をこらえる。女体がガクガクと震えて、思いきり仰け反った。

どうやら、絶頂に達したらしい。まだ指は膣のなかに挿《い》れたまま、全身を硬直させせている。快楽の余韻に浸っているのか、顔を上向かせたままハアハアと胸を喘がせていた。

4.

和樹は信じられない思いで立ちつくしていた。

新人研修初日だというのに、人一倍まじめな杏奈が夜中に抜け出して、森のなかでオナニーをしていたのだ。しかも、指を膣に深く埋めこんで、絶頂に達するところまで目撃した。

女性の自慰行為をナマで見るのなど、これがはじめての経験だ。

インターネットやAVとは迫力がまるで違う。困惑しながらも興奮していたのは事実だ。いつの間にかペニスが勃起して、スウェットパンツの股間が大きなテントを張っていた。

(み、見なかったことに……)

このまま静かに立ち去るべきだと思う。

見ていることがバレたら、互いに気まずくなってしまう。新人研修を乗りきったとしても、業務で顔を合わせることもあるはずだ。今後のことを考えると、見なかったことにするのがいちばんだ。

気づかれないようにあとずさりする。

一刻も早く彼女の前から離れたい。そのとき、足もとでパキッという音が大きく響いた。運悪く木の枝を踏んでしまったのだ。

その音は杏奈の耳にも届いたらしい。はっとした様子でパンティとズボンを引きあげて、剝き出しだった乳房をすばやく隠した。

「誰かいるの？」

杏奈が鋭い声をあげる。

切れ長の瞳でこちらをにらむが、慌てているのは間違いない。なにしろ、たった今までオナニーをしていたのだ。それでも意を決したように立ちあがり、恐るおそるといった感じでこちらに向かって歩いてくる。

（や、やばい……やばいぞ）

急激に焦りがこみあげる。

見まわり中にたまたま目撃しただけで、のぞきをしていたわけではない。悪いことをしたわけではないが、杏奈のオナニーを見て興奮したのも事実だ。うしろめたさがあり、罪悪感がこみあげていた。

ここで逃げたら、なおさらおかしなことになってしまう。仕方なく和樹は一歩踏み出した。

「こ、こんな時間になにをしてるんですか？」

たった今、ここに来たふりをして話しかける。

とっさの思いつきだが、そうするしかないと思った。なにも見ていないことにすれば、気まずくならずにすむ。和樹の胸に収めておけば問題ないはずだ。

「か、川田さん……」

杏奈は目を見開いて固まった。

自分からこちらに迫ってきたのに動揺している。誰かほかの人がいると思っていたらしい。

「驚かせてごめん。誰だと思ったの？」

平静を装って質問する。

見ていたことを悟られてはならない。あくまでも今、ここに来たばかりのふりをするつもりだ。

「て、てっきり、日菜乃ちゃんかと……」

杏奈は震える声で、同室の日菜乃の名前をあげた。

「わたしがいないから、探しに来たのかと思ったんです」

「こんな時間になにをしていたの？」

「そ、それは……」

しどろもどろになって答えることができない。

オナニーがばれていないか不安なのだろう。気まずそうに視線をさ迷わせて、ついには黙りこんでしまった。

「眠れなくて散歩でもしていたのかな。でも、こんな時間に外に出たら危ないよ」

助け船を出すつもりで語りかける。

これでなにもなかったことにできるだろう。明日から夜の外出を禁止にすれば、こういうことは二度と起きないはずだ。

「すみません……」

杏奈は顔をうつむかせてつぶやいた。

「あの……川田さんはなにをしていたんですか？」

「夜の見まわりだよ。正面玄関の鍵が開いていたから、おかしいなと思って外をチェックしていたんだ」

嘘はついていない。ただ先ほどまで彼女のオナニーを見ていたが、そのことを言う必要はなかった。

「そうだったんですね……」

杏奈は顔をあげると、まっすぐ見つめる。

目の下がほんのりピンク色に染まっているのは、オナニーで快楽を貪ったからだろうか。妙に色っぽい表情が気になり、視線を引きつけられてしまう。目をそらさなければと思うが、どうしてもできなかった。

「しっかりしている工藤さんでも眠れないことがあるんだね。緊張していたのかな?」

間が持たなくて話しかける。

「いえ……なんだか、身体が火照《ほて》ってしまって……」

杏奈がぽつりとつぶやいた。

小さく息を吐き出して、小首をかしげる。まっすぐ見つめられると、胸の鼓動が速くなった。

「戻ろうか。明日も早いし――」

「戻りたくありません」

杏奈は和樹の声を遮《さえぎ》ると、手をすっと握る。しかも、指と指を組み合わせる、いわゆる恋人つなぎだ。

「ど、どうしたの？」

動揺して声が震えてしまう。

手を振り払うのは失礼な気がする。杏奈の考えていることがわからず、和樹は身動きできなかった。

「身体が熱くて、それで外に出たんです。部屋には日菜乃ちゃんがいたから……」

杏奈は和樹の目をじっと見つめたまま語りかける。手をしっかり握ったまま離そうとしなかった。

「川田さんは、いつからいたんですか？」

「き、来たばっかりだよ」

「本当に？」

探るような目を向けられて、すぐに答えられない。

おかしな間ができてしまうが、和樹は懸命に首を縦に振った。ところが、杏奈は納得していないらしい。疑いの眼差《まなざ》しを和樹に向けていた。

「わたし、少し前からあのベンチに座っていたんです」

「そ、そうなんだ……」

「今にして思うと、誰かに見られていた気がするんです」

杏奈の言葉にドキリとする。

もしかしたら、和樹が見ていたことに気づいていたのだろうか。いや、そうだとしたらオナニーすることはないだろう。オナニーを見られたかもしれないと思って、鎌《かま》をかけているのかもしれない。

「本当になにも見ていないよ」

嘘は苦手だが、杏奈のためでもある。ここはそう言い張るしかなかった。

「それならいいんですけど、相談に乗ってほしいことがあるんです」

杏奈があらたまった感じでつぶやいた。

新入社員の悩みを聞くのも自分の役割だ。杏奈が眠れなかったのは、悩みを抱えているせいかもしれない。

「なんでも言ってください。俺にできることなら協力するから」

「慰《なぐさ》めてほしいんです」

杏奈はそう言うと、和樹を東屋のなかに引き入れる。そして、先ほどまで座っていたベンチの前に移動した。

「慰めるって、なにかあったの？」

手を握られたままでドキドキしている。それでも動揺を押し隠して、目の前に立っている杏奈に質問した。

「身体が熱くて仕方がないんです。こんな気持ち、はじめてで……」

そう言って、内腿《うちもも》をもじもじ擦り合わせる。瞳はせつなげに潤んでおり、唇は半開きになっていた。

「ああっ、熱い……」

なにやら吐息を漏らして、腰を右に左にくねらせる。

いったい、どうしたというのだろうか。誘っているとしか思えない。杏奈は生真面目なタイプなので、あまりにも意外だった。

5

「なんでも聞いてくれるんですよね」

杏奈はそう言うと、身体をすっと寄せる。

そして、右手を和樹のスウェットの股間に重ねた。柔らかい手の感触が、布地を通して伝わった。

「うっ……」

小さな呻《うめ》き声が漏れてしまう。

手を振り払わなければと思うが、どうしてもそれができない。これからなにが起こるのか、期待がふくれあがっていた。

「ああっ、硬いです。川田さんのここ……」

杏奈が吐息まじりにささやく。

そして、スウェットパンツごしにペニスを握り、ゆるゆるとしごきはじめる。ほんの数回擦られただけで、我慢汁がどっと溢れてボクサーブリーフの裏地を濡らすのがわかった。

「くううっ……な、なにを……」

わけがわからないまま、股間に快感がひろがる。ペニスはますます硬くなり、痛いくらいに張りつめた。

(どうして、工藤さんがこんなことを……)

まったく予想外の展開だ。

野外でオナニーをしていただけでも驚きなのに、まさか自分を誘ってくるとは思いもしなかった。講義のときは少しきつい感じだったが、今は蕩けそうな表情になっている。唇の端には妖しげな微笑さえ浮かべていた。

（や、やめさせないと……）

新人研修合宿でのスキャンダルなどもってのほかだ。心のなかでつぶやいて、杏奈の手首をつかんだ。

いくら誘われたとはいえ、絶対にあってはならないことだ。それに、万が一、発覚したとき、杏奈がどんな証言をするかわからない。もしかしたら、和樹にセクハラされたと訴える可能性もある。

「や、やめるんだ」

「どうしてですか？」

語気を強めて制するが、杏奈はペニスから手を離さない。それどころか、指の動きをさらに速くした。

「ううぅッ……」

甘い刺激がひろがり、腰がガクガク震えてしまう。

彼女の手を振り払うつもりが、なにもできずに呻いていた。スウェットパンツごしとはいえ、自分以外の手がペニスに触れるのは久しぶりだ。頭の芯まで痺れるような快感が突き抜けた。

和樹の初体験は大学時代に交際していた女性だ。しかし、就職して遠距離恋愛になり、別れてしまった。以来、女性とは縁がなく、セックスから遠ざかっている。そんな状態だからこそ、甘い刺激に抗《あらが》えなかった。

「見せてもらってもいいですか？」

杏奈が目の前でしゃがみこんだ。

そして、和樹のスウェットパンツとボクサーブリーフをまとめて引きおろす。とたんに勃起したペニスがバネ仕掛けのように飛び出した。

「す、すごい……こんなに大きいんですね」

杏奈はつぶやくなり、右手の指を太幹に巻きつける。それだけでも亀頭の先端から透明な汁が大量に溢れた。

「ちょ、ちょっと……ううぅッ」

ゆるゆるとしごかれて、まともにしゃべることもできない。快感がひろがり、立っているのもやっとの状態だ。

「硬くて大きい……素敵です」

杏奈がささやくたび、熱い息が亀頭に吹きかかる。

それすらも強烈な刺激となり、新たな我慢汁がどっと溢れた。亀頭はパンパンに張りつめて、感度が高くなっている。そこを柔らかい舌で、やさしくヌルリッと舐《な》められた。

「ぬううッ」

呻き声を漏らすと慌てて両足を踏んばった。

目眩《めまい》がするほどの快感だ。己《おのれ》の股間を見おろせば、杏奈が舌を伸ばして亀頭を舐めている。我慢汁で濡れているのに気にしていない。それどころか、うまそうに舐め取っては飲みくだす。

ペニスを舐めることで高揚しているようだ。

「男の人のにおいがします。ああっ、興奮しちゃう」

杏奈の口からそんな言葉が出るとは思いもしなかった。さらには裏スジに舌先を這わせて、根もとのほうから先端に向かって舐めあげてきた。

「うっ……ううっ」

快楽の呻き声を抑えられない。

舌先は亀頭の先端に達している。敏感な尿道口をチロチロとくすぐられて、お漏らししそうな刺激がひろがった。

「そ、そんなところまで……」

「もっと気持ちよくなってください」

杏奈は昂《たかぶ》った口調でささやくと、ついに唇を亀頭にかぶせる。

熱い口腔粘膜に包まれて、たまらず両手で彼女の頭を抱えこんだ。膝が崩れかけた情けない格好になるが、杏奈は構うことなく首を振りはじめる。

柔らかい唇が太幹の表面を滑り、たちまち快感が大きくなった。我慢汁と唾液がまざって潤滑油となり、唇の滑りをよくしている。同時に舌が亀頭にからみついて、思いきりねぶりまわした。

「おおおッ、く、工藤さん……」

もはや中断させるつもりはない。

ペニスが蕩けそうな快楽に流されて、もっと気持ちよくなりたいと願っている。頭の片隅ではまずいと思っているが、この愉悦《ゆえつ》を自分から手放すことなどできるはずがなかった。

「はンっ……あふンっ」

杏奈は鼻にかかった声を漏らしながら、首をゆったり振っている。

上目遣《うわめづか》いに和樹の表情を確認して、与える刺激を調整しているらしい。快感は絶頂寸前のきわどいところを行ったり来たりしていた。

「お、俺、もう……ううッ」

射精したくてたまらない。しかし、もうちょっとのところで杏奈は刺激を緩めてしまう。結果として生殺《なまごろ》しの状態が延々とつづいていた。

「そ、そんなにされたら……」

我慢できなくなって訴える。

これ以上、焦《じ》らされたらどうにかなってしまいそうだ。我慢汁がとまらなくなっているが、杏奈は次々と嚥下《えんげ》する。そして、再び首をゆったりと振り、イクにイケない快感を送りこんでいた。

「こ、これ以上は……ううぅッ」

全身が震えている。頭のなかが燃えあがったようになり、腰を思いきり振りたい衝動に駆られた。

「も、もう……う、動きたい……」

「お、大きいです……はむううッ」

杏奈がうわずった声でつぶやき、男根を吸いあげる。

さんざん焦らしたと思ったら、急にギアをトップにたたきこみ、猛烈な勢いで首を振りはじめた。唇を滑らせて、ジュプッ、ジュプッという淫らな音が東屋から森に響きわたった。

「おおおッ……おおおおッ」

快感が股間から脳天まで突き抜ける。

膝が激しく震えて、今にもくずおれそうだ。我慢汁を吸いあげられると、射精欲が破裂しそうなほど膨張する。

「あふッ……むふッ……はむンッ」

杏奈は何度も喉を鳴らしながら首を振りつづける。

あのクールな杏奈がペニスを咥《くわ》えながら我慢汁を飲んでいるのだ。その事実が和樹の欲望を煽《あお》り、いよいよ絶頂の波が押し寄せてきた。

「も、もうダメだっ、くうううッ」

「ンンッ……ンンッ……」

和樹が呻き声をあげると、杏奈はさらに激しく首を振る。完全に追いこみにかかっており、頬が窪むほど思いきりペニスを吸引した。

「うううッ、で、出るっ、ぬうううううッ！」

ついに精液が勢いよく噴きあがる。

ペニスは杏奈の口のなかで跳ねまわり、尿道を高速で駆け抜けていく。しかも強制的に吸い出されているので、なおさら快感がおおきくなる。全身がビクビクと痙攣《けいれん》して、たまらず獣のような声をあげていた。

「す、すごいっ、おおおおッ」

「あふうッ……はむううッ」

それでも杏奈はペニスを吸っている。

通常よりも射精時間が長くなり、それにともなって快感も倍増した。もはや立っているのもやっとの状態だ。前屈みになって杏奈の頭を抱えこみ、精液を延々と放出しつづける。

「くうううッ」

ペニスだけではなく、全身が蕩けるような愉悦に包まれた。

射精中も刺激を受けつづけると、これほどまでに快感が大きくなるとは知らなかった。野外での行為であることも、興奮を高める要因になっていた。

かってないほど大量に精液を放出して、跳ねまわっていたペニスがようやくおとなしくなる。

「濃いのがたくさん……ンンっ」

杏奈は尿道に残っていた精液までチュウッと吸い出した。

かなりの量でにおいも強いはずだ。それなのに、杏奈はうっとりした顔ですべてを飲みくだした。

6

「たくさん出ましたね」

杏奈の瞳はトロンと潤んでいる。

和樹の顔を見あげながら、ほっそりした指を太幹の根もとに巻きつけて、ゆるゆるとしごいていた。大量に射精した直後だというのに、休むことなく刺激を与えつづけている。

「も、もう……ダ、ダメだよ」

「まだ硬いです」

「た、頼むから……」

和樹は息も絶え絶えの状態だ。

それでも、唾液でヌルヌルしている根もとを小刻みに擦られると、またしても快感が湧き起こった。

「ううっ……」

「大きくて素敵です」

そう言われても、まともに答える余裕はない。快感が大きすぎて、わけがわからなくなっていた。

「も、もう……」

絶頂の余韻を味わう間もなく、ペニスは再び完全に漲《みなぎ》った。

「川田さん、わたしも……」

杏奈がペニスから指を離す。そして、ゆらりと立ちあがり、スウェットパンツとパンティを膝までおろした。

恥丘に生えている薄めの陰毛に視線が吸い寄せられる。杏奈は和樹に背中を向けると、腰を九十度に折り曲げて両手をベンチについた。尻を後方にグッと突き出した立ちバックのポーズだ。

「お願いです……ください」

杏奈が消え入りそうな声でつぶやいた。

さんざんペニスを刺激したことで、自分の欲望も高まっていたらしい。講義のときはクールだったが、今は別人のように蕩けた顔になっていた。

「もう、我慢できないんです」

積極的にペニスをしゃぶっていたが、自分が求めるのは恥ずかしいらしい。

瑞々しい尻を左右に振って誘っている。挿れてほしくてたまらない。そんな彼女の心情がひしひしと伝わり、またしても淫らな気分が盛りあがる。ペニスは萎《な》えることなく、さらにひとまわり大きく膨張した。

(い、挿れたい……)

もうそれしか考えられない。

両手を尻たぶにあてがうと左右に割り開く。ミルキーピンクの陰唇が剝き出しになり、甘酸っぱい牝の香りがあたりに漂った。大量の華蜜で濡れそぼって、ヌラヌラと妖しげな光を放っていた。

「く、工藤さん……」

我慢汁と唾液で濡れ光る亀頭を陰唇に押し当てる。

クチュという湿った音がして、陰唇が柔らかく形を変えた。女体に微かな震えが走るが、杏奈はポーズをいっさい崩さない。一刻も早い挿入を求めて、尻をさらに突き出した。

「は、早く……」

杏奈のささやきが引き金となり、亀頭をグッと押しこんだ。

二枚の陰唇を巻きこみながらペニスの先端が埋没する。とたんに熱い膣粘膜が密着して、凄まじい快感の嵐が吹き荒れた。

「あああッ、お、大きいっ」

杏奈の唇から喘ぎ声がほとばしる。

背中が反り返り、膣口が一気に収縮した。カリ首が締めつけられて、快感がさらに大きくなる。奥歯を嚙みしめて耐えると、勢いのまま長大なペニスを根もとまで挿入した。

「ぬうううッ」

「はああッ、い、いいっ」

杏奈の感じかたは激しい。よほど欲情していたのか、挿入しただけで昇りつめそうな雰囲気だ。ピストンをねだるように、尻を何度も突き出した。

「おおおッ……おおおおッ」

興奮しているのは和樹も同じだ。

杏奈が相手なら、何度でも射精できそうな気がする。

両手でくびれた腰をつかむと、さっそく腰を振りはじめた。ペニスをグイグイと打ちこみ、濡れた蜜壺のなかをかきまわす。無数の襞《ひだ》がからみついてくるのもたまらない。カリで膣壁を擦りあげると、締まりがますます強くなった。

「あああッ、い、いいっ、あああッ」

杏奈の喘ぎ声が暗い森のなかに響きわたる。

ペニスを出し入れすると華蜜の弾ける音も大きくなり、女体がビクビクと小刻みに震え出す。膣のなかが激しくうねって、奥へ奥へと引きこんでいく。そんな反応をされると、和樹の腰の動きもどんどん加速した。

「す、すごいっ……おおおおッ」

杏奈の背中に覆いかぶさり、スウェットの上着とブラジャーを押しあげる。剝き出しになった乳房を揉みしだいて、硬くなっている乳首をキュッと摘まんだ。

「はあああッ、か、川田さんっ」

「き、気持ちいいっ、くおおおッ」

「あああッ、も、もうっ」

和樹の呻き声と杏奈の喘ぎ声が交錯する。

ふたりの快感が螺旋《らせん》状にからみ合い、どこまでも高まっていく。ペニスをたたきこめば膣が締まる。膣が締まれば快感でピストンが加速する。あっという間に限界が近づき、頭のなかがまっ赤に燃えあがった。

「も、もうダメだっ、おおおおッ」

「あああッ、いいっ、いいっ」

杏奈も昇りつめそうなほど感じている。尻を懸命に突き出して、ペニスを膣の奥深くまで迎え入れた。

「ぬううッ、で、出るっ、くおおおおおおッ！」

獣のような呻き声を放つと同時に、大量の精液を噴きあげる。

膣道が激しく波打ち、ペニスを思いきり締めつけるのが気持ちいい。全身が痙攣して、絶頂の大波が何度も押し寄せる。精液が二度、三度と尿道を駆け抜けるたび、脳髄まで蕩ける愉悦がひろがった。

「あああッ、イクッ、イクッ、はあああああああッ！」

杏奈もよがり泣きを響かせて昇りつめる。

尻を突き出した立ちバックのポーズで、沸騰した精液を注ぎこまれて感じているのだ。背すじを思いきり反らして、ペニスをギリギリと締めつける。膣襞が意志を持った生き物のようにうねり、精液をさらに絞り出した。

「くおおッ……」

「ああッ、いいのっ、ああああッ」

絶頂に達しながらも、杏奈は腰を左右によじりつづける。

ザーメンまみれの膣道でペニスを擦られるのがたまらない。頭のなかがまっ白になるほどの快楽のなか、和樹は延々と腰を振りつづけた。

第二章　とろめく人妻講師

1

翌朝、和樹はスマートフォンのアラームの音で目を覚ました。

（もう起きる時間か……）

布団のなかで大きく伸びをする。

昨夜は思いがけず杏奈とセックスをしてしまった。森のなかで立ちバックでつながり、思いきり腰を振りまくったのだ。

杏奈は昼間とは別人のように淫猥で快楽を貪った。

絶頂に達してなんとか落ち着きを取り戻すと、杏奈は顔をまっ赤に染めて恥じらいの表情を浮かべた。

「ごめんなさい。なんだか我慢できなくなってしまって。こんなこと、はじめてなんです」

そう言っていたが、本当だろうか。

あれほど激しく乱れたのだ。ふだんはまじめな人ほど、いったん火がつくと豹変《ひょうへん》するのかもしれない。

和樹は大学時代に交際していた恋人しか知らないので、セックスの経験も知識も乏しい。今ひとつ、杏奈の心情が理解できなかった。

あのあと、ふたりで合宿施設に戻ったが、杏奈はよほど恥ずかしかったらしく、いっさい口を開くことなく、逃げるように部屋に入ってしまった。

(なんか気まずいな……)

だが、会わないわけにはいかない。

あれは一夜限りの交わりだ。互いのために、なにごともなかったように接するしかないだろう。

午前七時、朝食を摂《と》るため食堂に向かった。

時間通りに全員が集まっている。杏奈は和樹と目が合うと、気まずそうに顔をそむけた。

おそらく、考えていることは和樹と同じだ。しかし、実際に素っ気なくされると少し淋しい気がした。

「眠れなかったの？」

ふいに声をかけられてはっとする。隣の席に座っている上司の真理恵が、様子をうかがうように見つめていた。

「は、はい……なかなか寝つけなくて……」

突然のことで慌てながらも、なんとかごまかした。

どうやら疲れた顔をしているらしい。昨夜は予想外のことがあり、すっかり寝不足になっていた。

「緊張しているのね。大丈夫だから、がんばって」

真理恵が気遣ってくれる。

彼女のやさしさが伝わるから、胸に罪悪感がこみあげた。本当は新入社員とセックスしていたのだ。うしろめたくて、申しわけない気持ちになった。

「は、はい……がんばります」

和樹は視線をそらしてつぶやいた。

村の職員が用意してくれた朝食を摂ると、いったん部屋に戻って一服する。講義は午前九時からはじまることになっていた。

和樹は部屋に戻り、気合を入れ直す。

とりあえず昨夜のことは忘れて、新人研修に集中しなければならない。資料を取り出すと、しっかり読みこんで確認した。

早めに集会室に向かうと準備をはじめる。

パイプ椅子をきれいに並べ直して、スクリーンをおろすと、講義で使うＤＶＤをセットした。

「ずいぶん早いのね」

少しすると真理恵が現れた。

まだ講義がはじまるまで時間があるが、準備をするために来たらしい。だが、すでに準備は整っていた。

「課長を見習って、早めの行動を心がけています」

昨年の新人研修のことを思い出す。

真理恵はなにをするにも完璧で、すべてのスケジュールが予定どおりに進んだ。入念な準備があったからこそ、すべてがうまくいったのだろう。真理恵のサポートについたことで学ぶことは多かった。

「完璧ね。安心して見ていられるわ」

真理恵はそう言って目を細める。

褒められると照れくさい。実際は余裕がまったくないので、真理恵のサポートが必要だ。

「俺なんてまだまだです。自信がないので、間違ったことをしていないかチェックをお願いします」

「失敗して覚えることもあるわ。気にしないで、がんばってね」

真理恵の言葉が胸に染みる。

部下思いの素晴らしい上司だ。これからも彼女の下でずっと仕事をしたい。そして自分も真理恵のように尊敬される上司になりたかった。

しばらくして新入社員たちがやってきた。

それぞれパイプ椅子に腰かけて、二日目の講義がはじまる。誰もが緊張の面持ちで背すじを伸ばしていた。

「今日はビジネスマナーの基本と、販売店での接客の仕事を学んでもらいます」

和樹は意識して穏やかな口調で語りかける。

二日目だが、やはり緊張してしまう。声がうわずりそうになるのをこらえて、なんとか言葉を紡いだ。

新入社員の多くが、まずは百貨店などの直営店で一定期間の業務を経験する。そのまま現場に残る者もいれば、開発や流通、総務や人事などの部署に配属される者もいる。だが、顧客と接する機会は重要だ。

「お客さまのさまざまな意見に触れることで、求められている商品がわかります。開発やラインナップにも影響します。こちらからお客さまに提案することも必要です。それには自社の製品を知りつくしていなければなりません」

和樹はマニュアルにそって話しつづける。

新人研修のテキストが用意されており、そこに自分の経験を交えて講義を行っていた。とはいえ、和樹は販売店に立ったことはない。だが、販売店を何度も訪問して接客の重要性を実感していた。

「実際に接客している様子を映像で見てもらいます。みなさんも化粧品を購入したことはあると思いますが、販売員の立場から接客を考えてみてください」

ＤＶＤを再生すると、和樹はパイプ椅子に腰かけた。

小さく息を吐き出して、額に滲んだ汗をハンカチで拭う。大勢の前で話すのは何度経験してもむずかしい。最初は調子よく話していたが、時間が経つほどに緊張してしまった。

「上手になってるわ」

隣に座っている真理恵が小声で褒めてくれる。

チラリと見やれば、穏やかな笑みを浮かべていた。だが、和樹はどうしても自信が持てなかった。

やがてＤＶＤが終了して、質問を受けつける。

昨日は杏奈の質問攻めにあった。そのことを思い出して内心身構えた。しかし、杏奈は視線を落としており、ほかの者たちも黙っている。とりあえず安堵して、午前中の講義を終えた。

「十二時になったら食堂でお昼ご飯を食べてください。午後の講義は一時から、ここで行います。それでは解散です」

なんとか乗りきった。

とくに問題は起きなかったが、本当にこれでよかったのだろうか。質問が出ないので、説明がうまく伝わったのかどうかもわからなかった。

「お疲れさま」

新入社員たちが解散すると、真理恵が声をかけてくれた。

「やっぱり、むずかしいです」

和樹は正直に告げると顔をうつむかせる。

今さらながら、自分には向いていないと思う。それなのに、どうして新人研修の担当に選ばれたのだろうか。

「上手に話していたわよ」

「どうしても緊張してしまって……」

「そうは見えなかったわ」

「いえ、全然ダメでした」

口から出るのは反省の言葉ばかりだ。

最後に質問が出ていたら、きっとまともに答えられなかっただろう。それくらい緊張していた。

「最初から流暢《りゅうちょう》に話せる人なんていないわ。緊張してうまく話せない人のほうが、こういう仕事は向いていると思うの」

いったい、どういう意味だろうか。

額が汗まみれになるほど緊張するのに、向いているはずがない。言わんとしていることがわからず、和樹は黙りこんで首をかしげた。

「話すのが苦手な人は、事前にきちんと準備をするでしょう。要点をまとめて、順序立てて説明をするように努力するわ。川田くんもそうでしょう？」

確かに、言うとおりだ。

人前に立つと緊張で頭のなかがまっ白になってしまうので、毎回しっかり準備をして話すことを決めていた。

「それをくり返すことで、自分では気づかないうちに話しかたが上達するの。話すのが苦手だから、より丁寧に説明しようとするでしょう。新人研修では、それが生きるのよ。川田くんの話はわかりやすいわよ」

「自分ではよくわからないです……」

褒められても自信が持てない。上達している自覚はまるでなかった。

「わたしも同じよ。話すのが苦手だったの」

真理恵が意外なことを口にする。

課長ともなれば、部下たちの前で話すことはめずらしくない。上層部も出席する会議でも、意見を求められてしっかり発言する。そんな堂々とした姿を何度も見ているので、話すのが苦手とは思えなかった。

（俺に合わせてるだけなんじゃ……）

そんな気がしてならない。

励ますために、そう言っているだけではないか。真理恵と自分では、最初からトーク能力が違う気がした。

「課長は話すのが得意に見えますけど……」

「わたし、あがり症だったのよ。小学生のときなんて授業中に指されると、なにも言えなくなって泣いちゃうくらいだったの」

真理恵が穏やかな口調で打ち明ける。

今は克服しているが、そんな過去があったのだ。和樹も授業で指されるのが、いやでたまらなかった。

「今の課長からは想像もつきません」

「話せるようになったのは就職してからよ。わたしは最初の配属は販売店だったから、毎日お客さまと直接話さなければいけなかったの。失敗も多かったけど、それで少しずつなれていったのね」

「そうだったんですか……」

自分もがんばれば上手に話せるようになるかもしれない。

真理恵の話を聞いて、勇気をわけてもらった気分だ。信頼している上司が、まさか過去に自分と同じような体験をしていたとは意外だった。思ってもみなかった共通点を発見したことで、少し距離が縮まった気がした。

2

昼食を摂ると、和樹は車で駅に向かった。

今日は外部から講師を呼んで、ビジネスマナーの講義をしてもらうことになっている。新人研修では定番のカリキュラムとなっており、和樹が新入社員として参加したときも同じ講師が招かれていた。

東京から来る講師を、和樹が迎えに行くことになっている。

待ち合わせ時間は午後一時だ。駅までは片道二十分ほどなので、一時半前には合宿施設に戻ることができる。そして、午後二時から彼女が講義を行う予定だった。それまでは真理恵が講義をすることになっていた。

田舎道なので渋滞がないのは助かる。よほどのことがない限り、時間に遅れることはないだろう。

約束の五分前に駅のロータリーに到着した。車から降りると、講師が到着するのを待った。

やがて電車がホームに滑りこみ、しばらくして講師が駅舎から出てきた。三島透子《みしまとうこ》、三十六歳。東京のビジネススクールで講師をしており、企業での講演や講義も行っている。ビジネスマナーの専門家で、ここ何年か新人研修で講義を依頼していた。

「三島さん、お待ちしておりました」

和樹は緊張の面持ちで挨拶する。

電話では何度か話したが、直接会うのは昨年の新人研修以来だ。透子はスラリとした身体をグレーのスーツに包んでいる。背すじがまっすぐ伸びているせいか、堂々としている印象だ。また既婚者であるときいていた。

透子は和樹の目の前まで来ると、キャスターのついたスーツケースを横に置く。そして、姿勢を正して腰を深々と折った。

「お久しぶりです。このたびは講義のご依頼、ありがとうございます」

きっちりとした挨拶だ。

その雰囲気だけで一気に緊張感が高まる。自分が新入社員だったときに受けた講義や、昨年、真理恵のサポートだったときの記憶がよみがえった。透子は厳しい印象があり、講義のときはいつも空気が張りつめていた。常にチェックされているような感じがあり、一瞬たりとも気が抜けなかった。

「こ、こちらこそ、遠いところをお越しいただき、誠にありがとうございます」

和樹は声をうわずらせながら、なんとか言葉を返した。

透子は和樹の全身をさっと見まわす。そして、黒縁眼鏡の奥でアーモンド形の瞳を光らせた。

「ネクタイが曲がっていますね」

淡々とした声で指摘する。

和樹は慌てて車のサイドミラーをのぞきこみ、曲がっていたネクタイをまっすぐに直した。

「し、失礼しました」

「それに革靴が汚れています」

指摘されて足もとを確認する。

ほんの少しだが、撥《は》ねた土が革靴の先端近くに付着していた。和樹はポケットからティッシュを取り出すと、急いで汚れを拭き取った。

「すみませんでした」

「新人研修の担当者なら、しっかりしておいたほうがよいと思います」

透子は表情を変えることなく静かに語る。

職業がら、ふだんからマナーや服装が気になるようだ。ぱっと見ただけでも、駄目なところが目に入ってしまうのだろう。

「ご指摘ありがとうございます。気をつけます」

和樹は背すじを伸ばして答えた。

確かに透子の言うとおりだ。新入社員に教える立場なのだから、しっかりしていなければならなかった。

「わたしが運びます」

スーツケースを受け取ると、車のドアを開ける。

「ありがとう」

透子は満足げに小さくうなずいて車に乗りこんだ。

ドアを静かに閉めて、スーツケースをトランクに積む。和樹は小走りで運転席に乗りこむと、慎重に走りはじめた。運転もチェックされるかもしれないので、一瞬たりとも気を抜けなかった。

合宿施設に到着すると、まずは透子を部屋に案内する。

講義が終わるのは夕方だ。今夜はここに一泊して、明日の朝、東京に帰ることになっていた。

「とりあえず、部屋でゆっくりなさってください。講義は午後二時からです。一階の集会室のほうにお願いします」

部屋の前で説明して、和樹はいったん透子と別れた。

まっすぐ集会室に向かうと、真理恵が講義をしている最中だった。テーマは「社会人の心得」だ。

「最初は覚えることがたくさんあって大変だと思います。それはどの部署に配属されても同じなので、なれるまではとにかくがんばってくださいね」

真理恵の語り口が穏やかなこともあり、新入社員たちも落ち着いた表情を浮かべていた。

「仕事の話ばかりだと疲れてしまうので、少し脱線しましょうか。社会に出てからの楽しみのひとつに昼食があります。本社勤務なら近所のおいしいご飯屋さんを知っているので、希望者がいれば教えますよ」

口調だけではなく、講義の構成もしっかりしている。

小難しい話をつづけるのではなく、脱線と称して社会人の息抜きの仕方を教えるのはさすがだ。

（課長が話すと雰囲気が違うな）

学ぶべき点が多くある。

やはり真理恵は話が上手だ。だが、最初からできたわけではない。いつか自分もこんな講義ができるようになりたかった。

休憩を挟んで、午後二時から透子の講義がはじまった。

「よろしくお願いします」

透子が前に立って挨拶しただけで緊張感が高まる。

真理恵のときとは打って変わり、集会室の空気が張りつめた。透子はたたずまいからして厳しそうだ。

「新入社員のみなさんには、基本的なビジネスマナーを学んでいただきます。仕事内容にかかわらず必要なものなので、しっかり身につけてください」

透子はひとりひとりの顔を見ながら話している。眼鏡のレンズごしに光る瞳は、すべてを見透かすようだ。

「第一印象は大切です。髪形と服装は清潔感が出るように心がけてください。当然のことと思われるかもしれませんが、意外とできていない人が多いです。商品やプレゼンの前に、まずは人です。第一印象が悪いと、それだけで失敗することもあるので気をつけてください」

透子は資料も配り、流暢に話しつづける。

電話の取りかた。直接会って話すときの注意点。メールや手紙の出しかた。謝罪の仕方や感謝の気持ちの伝えかた。さらには各種ハラスメントの対処法など、内容は多岐にわたる。

「自分で気づかないうちに、ハラスメントを行ってしまうこともあります。今はコンプライアンスの時代なので細心の注意を払わなければなりません。ハラスメントを行っている自覚がない場合、急に部下や取引先から訴えられて慌てるということも起きています」

ハラスメント関連に多くの時間を割《さ》くのは時代の流れだろう。実際、訴訟問題に発展することもめずらしくないようだ。

透子は実例も交えて丁寧に説明した。結局のところ、受け取る側が不快な感情を抱けばハラスメントとして成立するという。相手との関係性もあるので、判断がむずかしいところだ。

休憩を入れながら、講義は午後五時までつづいた。

すぐに身につくものではないが、新入社員にとっては勉強になったはずだ。和樹も自分を見つめ直すきっかけになった。知っていても実践できていないことがあり、これを機会に気をつけようと思った。

3

夕食を摂り、そのあと風呂に入った。

時刻は午後八時になるところだ。当初は和樹と真理恵で、透子を接待することになっていた。

ところが、真理恵がすこし疲れが出たので念のため先に休むと言う。まだ先は長いので、体調を崩したら大変だ。賢明な判断と言えるだろう。しかし、そうなると和樹がひとりで透子を接待しなければならない。

(大変なことになったな……)

和樹は透子の部屋の前に立ち、心のなかでつぶやいた。

なにしろ相手はビジネスマナーの講師だ。接待中もなにかと注意されそうだ。接待どころか、透子を苛立《いらだ》たせることにならないか不安だった。

そもそも女性がひとりでいる部屋を、男の和樹だけが訪問して怒られるのではないか。追い返される気がしてならなかった。

和樹は迷ったすえにスーツを着用することにした。夜なので楽な私服のほうがいいかもしれないと思ったが、判断を間違っていたら会った瞬間から最悪だ。それなら堅苦しくてもスーツにしようと思った。

右手にさげた袋には、真理恵が好きだというワインとつまみが入っている。とにかく機嫌よく飲んでもらって、来年の講義もお願いしたかった。

(よし、行くか)

気合を入れると、ドアを静かにノックする。

「はい……」

すぐに返事があった。

午後八時に部屋を訪ねることは伝えてある。毎年、講義を終えたあとに打ちあげをするのは定番だった。

ドアが開いて透子が顔をのぞかせる。

ゆったりしたセーターにフレアスカートを穿いていた。胸もとが大きくふくらんでおり、危うく視線が吸い寄せられそうになる。懸命に顔だけを見て、できるだけ丁寧に頭をさげた。

「本日は講義のほう、ありがとうございました。ささやかながら打ちあげをしたいと思っております」

「川田さん、おひとり？」

透子は不思議そうに言うと廊下に視線を向ける。だが、当然ながらそこに真理恵の姿はない。

「課長は体調がすぐれないため、早めに休むことになりまして、わたしひとりなのですが、やはり気になりますよね。それでは――」

ワインの入った袋を差し出す。

夜に女性ひとりの部屋を訪問するのは失礼だ。透子が怒ることも想定していたので驚きはない。断られるのならワインとつまみを渡して引き上げるつもりだ。そのほうが和樹としても気楽でよかった。

「問題ないわ。どうぞ」

想定外の反応だ。透子はさらりと言ってドアを大きく開けた。

「で、でも……」

和樹のほうが躊躇《ちゅうちょ》してしまう。部屋でふたりきりになってしまうが、抵抗はないのだろうか。

「い、いいんですか？」

「体調がすぐれないなら仕方がないわ」

「そ、そうですけど、ふたりきりになってしまいますが」

あとで怒られるのはいやなので、はっきりさせておきたかった。

「ワインはひとりで飲むより、誰かと飲んだほうがおいしいでしょう」

透子はそう言うと、和樹の顔をじっと見つめた。

「川田さんのほうが気にしているみたいね。わたしと飲むのはいやかしら？」

「け、決して、そんなことは……」

「では、どうぞ」

こうなったら、ふたりきりで飲むしかない。

そもそも、これは毎年行っているお決まりの接待だ。和樹は腹を決めると、部屋に足を踏み入れた。

飾り気のない十畳の和室だ。座卓もテーブルもないので、持参したワイングラスを畳の上に置いた。つまみは生ハムとチーズだ。皿に並べると、これも畳の上に置くしかなかった。

と思う。

栓を抜いてグラスに赤ワインを注ぐ。緊張で手が震えたが、なんとかうまくできた

「お注《つ》ぎします」

「では、カンパイしましょうか」

透子がさっそくグラスをつまんだ。

「は、はい。本日は素晴らしい講義をありがとうございました。カンパイ」

和樹は深々と頭をさげる。

そして、透子が口をつけるのを待って、和樹も赤ワインをひと口飲んだ。濃厚でしっかりした味わいのワインだ。

(これ、うまいな……)

心のなかで思いながら、透子に視線を向ける。

どんな反応をするのか気になった。こういうときに相手が気に入るものを用意できるかどうかも、ビジネスマナーになるはずだ。

「うん……素晴らしいわ」

透子はワインをじっくり味わうと、満足げに大きくうなずいた。

「カベルネ・ソーヴィニヨンね。川田さんが選んだの？」

「いえ、これは課長が……わたしは詳しくないんです」

がっかりされるかもしれないが正直に告白する。

和樹はふだんワインをあまり飲まない。よくわからないので、真理恵に頼んで用意してもらったのだ。

「そうなの。正直に言えたのはいいことね。見栄を張っても、あとで発覚したら傷が大きくなるから」

透子はとくに気を悪くした様子もなく、ワインをおいしそうに飲んだ。

グラスが空《あ》いたので、和樹はすぐに注ぐ。これは接待なので、とにかく透子に気分よく飲んでもらうことが重要だ。

「チーズもどうぞ」

「パルミジャーノね」

透子はチーズをつまんで口に運ぶ。その直後、目を大きく見開いた。

「とてもおいしいわ。これは何カ月もの？」

ワインが好きなだけあって、チーズも詳しいらしい。透子は思った以上に反応して質問した。

「これは、パルミジャーノ・レッジャーノの三十六カ月熟成です。これはわたしが選びました」

ワインは詳しくないが、チーズのことなら少しはわかる。特別なものを用意しようと思って、百貨店で購入したものだ。

「いいセンスしてるじゃない。ワインに合うわ」

透子は機嫌よくワインを飲んでいる。

最初はどうなることかと思ったが、楽しんでくれているようでほっとした。和樹はグラスが空いたら、とにかく注ぐことを心がけた。

「あなたも飲んでね。おいしいものは、みんなで楽しまないと」

「はい。ありがとうございます。いただきます」

勧められたら飲まないわけにはいかない。実際、この赤ワインはうまくて、ペースを抑えるのがむずかしいほどだった。

「膝を崩しなさい。そんな格好していたら足が痺れるでしょう」

「でも……」

和樹は座布団の上で正座をしている。確かに足は痺れはじめているが、崩すのも失礼な気がした。

「お酒の席なんだから、気にしなくていいのよ。見ているほうがリラックスできないから、膝を崩してちょうだい」

透子は座布団の上で横座りをしている。

フレアスカートで下肢はほとんど隠れているが、裾《すそ》からチラリとのぞいている足首は細く締まっていた。ストッキングを穿いていないナマ脚で、肌が透きとおるように白いのが妙に生々しかった。

「では、お言葉に甘えて……」

和樹は膝を崩して胡座《あぐら》をかいた。

しばらくすると血流が戻った足の指がジンジンと痺れはじめる。思った以上に血流が滞っていたらしい。極度に緊張していたため、足の状態に意識がまったく向いていなかった。

（ううッ、痺れてる……）

顔をしかめそうになるが、なんとかこらえる。

しかし、足の指がビリビリしており、まともにしゃべることができずに顔をうつむかせた。

「もしかして、足が痺れてるんじゃない？」

透子が顔をのぞきこむ。そして、右手を伸ばすと、和樹の足の指をチョンッと小突いた。

「くううッ」

たまらず呻き声が漏れてしまう。瞬間的に痺れが大きくなり、こらえきれずに顔をしかめた。

「やっぱり痺れていたのね」

透子がいたずらっぽい表情になる。

どうやら酔っているらしい。頬がほんのりピンクに染まっており、唇の端には微笑が浮かんでいた。

これまでの生真面目な姿からは想像がつかないほど楽しげだ。透子がこんな顔をするとは驚きだった。

「無理しなくてよかったのに。わたしも早く言ってあげるべきだったわね。ごめんなさい」

「い、いえ、わたしがいけないんです」

まさか透子に謝られるとは思いもしない。昼間とあまりにも違うので、調子が狂うほどだった。

ようやく足の痺れが取れて楽になる。透子のグラスが空になっていたのでワインを注いだ。

「ところで、どうしてスーツなの？」

「きちんとした服装のほうがいいと思ったんです」

「そうね……でも、もういいんじゃない」

透子が小首をかしげるようにして、まっすぐ見つめている。

瞳がねっとり潤んでいるのは、ワインを飲みすぎたせいだろうか。彼女は既婚者だった。人妻の色気を感じてドキリとした。

「わたしは楽な服装なんだもの。相手に合わせることも必要よ」

「なるほど……」

そう言われると、そうかもしれない。

自分だけかっちりしたスーツでは、相手に気を使わせてしまうだろう。接待なのできちんとした服装にしたつもりだったが、今回は違ったらしい。とりあえず、ジャケットを脱いで脇に置いた。

「ネクタイも緩めたら？」

透子にそう言われて少し迷う。

ネクタイを緩めると、だらしなくなる気がする。だが、透子が言っているのだから従うべきだろうか。

結局、透子の言うとおりネクタイを緩める。中途半端だとだらしないので、完全にほどいて引き抜いた。さらにワイシャツの第一ボタンをはずすと、首まわりがだいぶ楽になった。

「そうそう、いい感じよ」

透子は満足げに何度もうなずく。そして、ますます潤んだ瞳で和樹の顔をじっと見つめた。

「川田さん、彼女はいるの？」

唐突な質問にとまどってしまう。

まさかプライベートなことを聞かれるとは思いもしない。和樹は即答できずに黙りこんだ。

「ねえ。どうなの？」

「そ、それは……」

「今の時代、こういう質問はいけないのよね。でも、お酒の席だから」

透子はそう言って微笑を浮かべている。

まさかビジネスマナーの講師である彼女が、そんなことを言い出すとは驚きだ。講義ではハラスメントについての話もしていたのに、自分が破っている。それなのに悪びれた様子はなかった。

「それで、どうなの？」

透子は腰を浮かせると、ワイングラスを持って和樹の隣に移動する。そして、肩にもたれかかり、顔をグッと寄せた。

「ど、どうしたんですか？」

息がかかるほど距離が近い。

眼鏡のレンズごしに視線が重なる。近づいたことで、透子の肌の美しさに気がついた。頬は陶器のように白くてなめらかだ。一瞬、触れてみたい衝動がこみあげて、慌てて気持ちを引き締めた。

酒の席とはいえ、人妻とこんなに接近するのはまずい。しかし、頭ではまずいと思いつつ、胸の鼓動は速くなっていた。

（どうすれば……）

これは接待だ。透子の機嫌を損ねるわけにはいかない。やんわりとでも押し返す勇気はなかった。

「ねえ、彼女はいるの？」

透子は先ほどと同じ質問をくり返す。この調子だと和樹が答えるまで納得しないだろう。

「いないです……」

小声でぼそりと答える。

彼女がいないのを告げるのは、なんとなく恥ずかしくて屈辱的だ。思わず視線をそらすが、透子は構うことなく顔をのぞきこんでくる。

「どうしてって、言われても……」

「どうして、いないの？」

自分ではよくわからない。

これまでは、ただモテないだけだと思っていた。だが、どうしてと問われて、はじめて深く考える。モテないのなら、モテない理由があるはずだ。ものすごく不細工なのか、それとも性格が救いようがないくらい悪いのか。

どちらでもない気がする。ようするに、顔も性格も普通でおもしろみがないのかもしれない。

「モテそうな気がするけどな」

透子が目を見てつぶやいた。

「いえ、おもしろみがない男ですから……」

「でも、まじめでしょう。それって、いいところだと思うわ」

甘い吐息が鼻先をかすめてドキドキする。

講義のときは、眼鏡を光らせて厳しい印象だった。そんな透子が急に色っぽく見えて、視線をそらせなくなった。

「あ、ありがとうございます……」

「夜のほうは、どうなの？」

透子はそう言うと、手のひらを和樹の太腿に重ねる。

スラックスごしに撫でられて、ペニスがズクリッと疼《うず》いた。血液がどんどん流れこんで、瞬《また》く間にふくらみはじめる。

「よ、夜というのは……」

「夜っていったら決まってるじゃない。子供じゃないんだからわかるでしょう」

透子はそう言って、ふふっと笑う。

つまりセックスのことを指しているのは間違いない。そんなことを尋ねるとは、かなり暴走していると言わざるを得ない。ビジネスマナーの講師が口にするセリフではなかった。

4

「ううっ……」

和樹の口から呻き声が漏れる。

透子の柔らかい手のひらが股間に触れたのだ。甘い刺激がひろがり、体がビクンッと反応した。

「もしかして、童貞？」

「ち、違います」

即座に否定する。

大学生のときに初体験は済ませているし、昨夜も杏奈とセックスした。経験回数はそれほどないが、童貞といっしょにされたくなかった。

「それじゃあ、大きさの問題かしら。わたしが試してあげる」

「は、はい？」

意味がわからず聞き返す。

ところが、透子は答えることなく、スラックスの上からペニスをにぎり締める。そして、ゆるゆるとしごきはじめた。

「ま、待ってください……」

「とくに小さい感じはしないわ。それどころか……」

透子はうっとりした顔でつぶやき、色っぽいため息を漏らす。そして、ベルトを緩めはじめた。

「ま、まずいですよ。こういうのはダメなんですよね」

「ハラスメントのこと？」

「それもありますけど……」

ハラスメントのこともあるが、その前に透子は人妻だ。こんなことが許されるはずがない。ところが、こうして話している間にベルトがはずされてしまう。

「それ以上は……」

「講義で言ったでしょう。受け取る側が不快な感情を抱けばハラスメントとして成立するの。川田さんは不快に思っているの？」

透子に見つめられると胸の鼓動が高鳴る。

頭ではいけないとわかっているが、ペニスが萎えることはない。興奮しているのは事実だ。

「ねえ、不快なの？」

「い、いえ……」

「それなら、これはハラスメントではないわね」

透子はそう結論づけると、スラックスも引きさげる。さらにボクサーブリーフもめくりおろし、勃起したペニスが剝き出しになった。

「うわっ、ちょ、ちょっと……」

「減るものじゃないし、見せてくれてもいいでしょう」

透子の視線が亀頭と太幹にからみつく。じろじろ見つめられて、激烈な羞恥がこみあげた。

「大きいじゃない。これで、どうして彼女ができないの？」

「わ、わかりません。そんなことより……」

この状況のほうが問題だ。

露出したペニスをボクサーブリーフのなかに隠そうとするが、ワイシャツのボタンもはずされて引き剝《は》がされる。タンクトップも脱がされて裸になると、肩を押されて畳の上で仰向けになった。

「み、三島さん？」

呼びかけるが、透子はなにも答えない。無言のまま、和樹の膝にからんでいるスラックスとボクサーブリーフを完全に抜き取った。

「これ以上はダメですよ」

さすがにまずいと思って訴える。

すると、透子はまっすぐ立てた人差し指を和樹の唇に押し当てた。たったそれだけで気勢を削がれて、なにも言えなくなってしまった。

透子は自分も服を脱ぎはじめる。

まずはセーターの裾をつまんで頭から抜き取った。たっぷりした乳房を覆っているのは、飾り気のないベージュのブラジャーだ。デザインは重視されていないのか、カップの部分が大きい実用的なタイプだ。

さらにスカートを脱ぐと、やはりベージュのパンティが露《あらわ》になる。股上が深くてお世辞にもセクシーなものではなかった。

(でも、これはこれで……)

和樹は仰向けの状態で目を見開いた。

生活感の溢れた下着が、妙に艶《なま》めかしく見える。透子が人妻だということを意識させられて、ついまじまじと凝視した。

「川田さんのそれ、試してみたいの……いいでしょう？」

透子はうっとりした表情を浮かべてつぶやいた。

両手を背中にまわしてブラジャーのホックをはずす。とたんにカップが弾き飛ばされて、双つの乳房が勢いよくまろび出た。

ブラジャーを完全に取り去り、すべてが露になる。下膨れした釣鐘《つりがね》形の大きな乳房だ。ふくらみの頂点に鎮座する乳首は濃い紅色で、同色の乳輪は少し大きい。なにより人妻の匂い立つような色香を感じた。

透子はさらに膝立ちの姿勢でパンティをおろしはじめる。和樹の視線を意識しているのか、じりじりと引きさげるのが焦れったい。やがて恥丘が露出して、楕円形に整えられた陰毛がフワッと溢れた。

「あんまり見ないで……」

自分で脱いでおきながら恥じらっている。

だが、そんな姿に牡《おす》の欲望は煽り立てられる。人妻の背徳感が伝わることで興奮して、我慢汁がどっと溢れた。

「どうして、こんなに濡れてるの？」

透子は和樹の隣で横座りすると、そそり勃《た》っているペニスに指を巻きつけた。

硬さを確かめるようにゆったりしごいては、先端から溢れる我慢汁を指先でもてあそぶ。人さし指で尿道口をくすぐられて、腰に震えがひろがった。

「そ、そんなにされたら……」

「感じちゃうのね。ああっ、かわいいわ」

透子は喘ぐようにつぶやき、我慢汁を竿《さお》に塗り伸ばす。すると、ペニス全体がヌラヌラと光りはじめた。

「きれいなオチ×チン……素敵よ」

「な、なにをするつもりですか」

挿入するわけでもなく、ペニスをいじられている。興奮だけがふくらんで、イクにイケない状態がつづいていた。

「こ、こんなこと、いつまで……」

「たくさんかわいがってあげる」

透子はペニスをスローペースでしごき出す。

ただ刺激を与えるだけではなく、和樹の顔を見おろして反応を確認している。男を感じさせるのが好きなのかもしれない。和樹が焦れて腰をよじると、唇の端に妖しげな笑みを浮かべた。

「その顔、いいわ。もっと見せて」

「ううっ、ダ、ダメです……」

「いいのよ、もっと感じなさい。わたしも興奮しちゃう」

透子は右手で太幹をつかんだまま、左手を自分の乳房にあてがった。

指先を柔肉に沈みこませて、ゆったり揉みあげる。とたんに唇から色っぽいため息が溢れ出した。

「はああンっ……川田さんも、もっと感じて」

ペニスをゆったりしごいて、快感を送りこんでくる。それと同時に自分の乳房を揉んでは、濃い紅色の乳首を摘まんで転がした。

ビジネスマナーの講師が、ペニスをしごきながらオナニーをはじめたのだ。眼鏡のレンズの向こうで、瞳をねっとり潤ませている。乳首は瞬く間に硬くなり、指の間でぷっくりふくらんだ。

「あンっ、感じるわ」

透子は乳首を転がして喘いでいる。もちろん、その間もペニスをゆるゆるとしごいていた。

(なんだ、これは……どうなってるんだ?)

信じられないことが起きている。

和樹は混乱しつつも激しく興奮していた。

ふだんの透子は堅い印象で、性的なことを感じさせない女性だ。とはいえ、結婚しているのだから、夫とふたりきりのときは違う顔があるのは理解できる。だが、夫以外の男の前で、自ら女を曝《さら》け出すとは思いもしなかった。

「川田さんのオチ×チン、すごく硬いの」

透子は独りごとのようにつぶやいた。

乳房を揉んでいた左手を、自分の股間へと移動させる。手のひらを恥丘にかぶせると、中指を内腿の間に潜りこませた。

「はああンっ」

喘ぎ声のトーンが明らかにあがった。

左手の指先が敏感なところに触れたらしい。なにやら股間で指を動かすたび、クチュクチュという湿った音が聞こえた。

(濡れてるんだ……)

透子の性器が濡れているのは間違いない。

加速する透子の自慰行為を目の当《ま》たりにして、和樹の興奮はさらに跳ねあがる。焦らすようにしごかれているペニスは、我慢汁でドロドロになっていた。

5

「あぁンっ……この硬いのがほしいの」

透子が昂った声でつぶやいた。

「み、三島さん……」

和樹も挿入したくてたまらない。

中途半端な刺激だけを与えられて、欲望が限界までふくれあがっている。透子が人妻だということを忘れたわけではない。しかし、ここまで焦らされつづけて、どうにもならないほど興奮していた。

「ねえ、川田さん、挿《い》れてもいいわよね」

「お、俺も挿れたいです」

「ああっ、ほしい……」

透子は片脚をあげると、和樹の股間をまたいだ。

両足の裏を畳につけた騎乗位の体勢になる。しかも、股間を見せつけるように突き出しているため、鮮やかな紅色の陰唇が確認できた。

　割れ目は大量の華蜜で濡れそぼり、クリトリスもビンビンに硬くなっている。先ほどから自分の指で転がしていたに違いない。赤々と充血して包皮が剝けているのが、ひと目でわかった。

　透子は右手を竿に添えると、亀頭と膣口の位置を合わせる。そして、腰をゆっくり落としはじめた。

「あっ……ああっ」

　亀頭の先端が女陰の狭間に浅く沈みこむ。それだけで、透子の唇から甘い声が溢れ出した。

「ううッ……み、三島さんっ」

　和樹も呻き声を抑えられない。

　まだほんの数ミリ入っただけだ。それなのに強烈な快感が押し寄せて、腰が勝手にくねってしまう。慌てて奥歯を食いしばってこらえるが、それほど長く耐えられそうになかった。

「もっと、ちょうだい……ああンっ」

　透子は両手を和樹の腹に置いて、さらに腰を下降させる。亀頭が完全にはまりこんで、太幹もズブズブと埋まっていく。

「はあああッ、す、すごいわっ」

「おおおッ、あ、熱いっ」

結合が深まり、ふたりは同時に声をあげる。

いつしかペニスは根もとまで入っていた。ウネウネと蠢《うごめ》く膣口が、太幹の根もとをキュウッと締めつける。大きく張り出したカリは、華蜜にまみれてうねっている膣壁にめりこんだ。

「ああッ……あああッ」

透子はすぐに腰を上下に振りはじめる。

よほど興奮しているのか、最初から全力で尻を打ちおろす。反り返ったペニスを高速で出し入れして、貪欲に快楽を追い求める。

「そ、そんなに激しく……ううッ」

一瞬でも気を抜いたら暴発してしまう。和樹は懸命に耐えながら、両手を伸ばして目の前で揺れる乳房をそっと揉んだ。

軽く触れただけで、指先がいとも簡単に沈みこむ。乳房は驚くほど柔らかい。触れることで気分が高揚して、ペニスに受ける快楽も大きくなる。指先で双つの乳首を摘まんでみると、膣の締まりが強くなった。

「くおおおッ、き、気持ちいいっ」

「わ、わたしも……あああッ、気持ちいいのっ」

透子は顔を赤く染めながら腰を振る。

勢いよくペニスを出し入れして、カリで膣壁を抉《えぐ》られる快楽に溺れていく。ゴリゴリと擦れるのが感じるらしい。ただでさえ速い腰の動きが、ラストスパートのように加速した。

「はあああッ、い、いいっ、あああああッ」

「おおおッ、す、すごいっ、くおおおおッ」

和樹も唸《うな》り声を振りまいて、思わず股間を突きあげる。

ふたりの腰の動きが一致することで、愉悦はさらに大きなものへと変化した。全身が燃えあがるような感覚のなか、人妻と息を合わせて腰を振る。ペニスを深い場所まで打ちこむたび、女壺がうねりながら収縮した。

「こ、これは……くうううッ」

「いいっ、あああッ、いいのっ」

「ぬおおおおッ」

もはやなにも考えられない。意味のなさない声をあげて、股間を連続で突き出しつづける。求めているのは快楽だけだ。ドロドロの欲望にまみれて、ひたすらにペニスを女壺に出し入れした。

「か、川田さんっ、はああああぁッ」

「三島さんのなか、熱いですっ」

透子が艶めかしく喘いで和樹が腹の底から唸る。

腰の動きはとまらず、絶頂の大波が轟音を響かせながら押し寄せる。頭のなかが燃えあがり、目の前で火花が飛び散った。ふたりは手を取り合って、絶頂への急坂を一気に駆けあがった。

「おおおッ、で、出ますっ、おおおおッ、くおおおおおおおッ！」

ペニスが根もとまで突き刺さったタイミングで、精液が勢いよく噴きあがる。

熱い媚肉に包まれて、太幹がかつて経験したことがないほど波打った。亀頭の先端から精液が噴き出すたび、頭のなかがまっ白になっていく。ペニスが溶けるような快楽がひろがり、雄叫《おたけ》びをあげずにはいられなかった。

「あああッ、い、いいっ、イクッ、イクうううッ！」

ほぼ同時に透子が絶頂を告げながら昇りつめる。

尻を完全に落として、ペニスを根もとまで呑みこんだ状態だ。女壺全体が猛烈にキュウッと締まり、男根をこれでもかと絞りあげる。そうすることで、カリが膣壁に深くめりこんだ。

「くううッ、す、すごいっ」

快感が長くつづき、精液がどんどん噴き出す。股間を突きあげたままで、全身がガクガクと痙攣した。

「はあああッ、あああああッ」

透子は涎《よだれ》を垂らしながら喘いでいる。下腹部を波打たせて、膣に埋まっているペニスの感触を堪能していた。

仰け反って固まっていた透子が、やがて脱力して和樹の胸板に倒れこんだ。和樹も突きあげていた股間を落としてぐったりする。

言葉を発する余裕はない。ふたりの乱れた息づかいだけが、部屋の空気を震わせていた。

呼吸が整うまで、しばらくかかった。

先に透子が身体を起こして、そそくさと身なりを整える。和樹も脱ぎ散らかしていた服を身につけた。

「このことは、内緒にしてくださいね」

透子が気まずそうにつぶやいた。

「わたし、どうして……ワインを飲んだせいかしら」

先ほどまで乱れていたのが嘘のように、落ち着きを取り戻している。

セックスをして絶頂に達したことで、満足したのだろうか。それにしても、豹変と言ってもいいくらい乱れていた。

「ごめんなさい……」

「い、いえ、謝らないでください」

誘われたのは事実だが、和樹も拒絶しなかった。結局、腰を振り合って快楽を貪ったのだから同罪だ。

「こんなこと、はじめてなの……」

透子は言いわけがましくつぶやいた。

こんなこととは、自ら男を誘惑したことを指しているのか、それとも夫以外の男とセックスしたことを指しているのか。

いずれにせよ、透子が不貞を働いたことは紛《まぎ》れもない事実だ。我に返った今、罪悪感と自己嫌悪で押しつぶされそうになっているに違いない。

「俺、誰にも言いません」

和樹はぽつりとつぶやいた。

言えることは、それくらいしかない。和樹も快楽に流されたのだ。かける言葉がこれ以上は見つからなかった。

第三章　山中でよがり泣き

1

新人研修合宿は三日目の朝を迎えた。

朝食を摂ると、和樹は透子を車に乗せて駅に向かった。

これから透子は東京に戻る。しかし、ふたりとも気まずくて口を開かない。透子は後部座席に座っており、バックミラーに姿が映っている。しかし、和樹との会話を拒むように、ずっと窓の外を眺めていた。

駅に到着すると、和樹はスーツケースをトランクからおろした。

「ありがとう……」

透子がポツリとつぶやく。相変わらず目を合わせようとしないが、それでも礼を言ってくれた。

「来年の新人研修もお願いできますか」

別れぎわに尋ねると、透子は一拍置いてうなずいた。

ふたりの会話はそれだけだった。激しい興奮の記憶と、深い罪悪感が胸に刻まれていた。

合宿施設に戻ると、ちょうど玄関に真理恵がいた。

「お疲れさま。三島さんは無事に帰られたみたいね」

「はい……」

「元気がなかったように見えたけど、なにか言ってなかった？」

「いえ、べつに……」

さりげなさを装《よそお》って返事をする。

胸の奥がチクリと痛んだが、昨夜のことを話せるはずがない。なにも知らないふりをして、やり過ごすしかなかった。

「さて、今日は忙しくなるわよ」

真理恵は話題を切り替えて微笑んだ。

「はい。すぐ準備に取りかかります」

和樹は力強くうなずくと気合を入れ直した。

本日のカリキュラムは屋外研修だ。天候が心配だったが、運よく雲ひとつない青空がひろがっていた。

新入社員が三人でひとつのチームとなり、地図を見ながら小山の頂上を目指してもらう。いわゆる登山研修と呼ばれているものだ。

もちろん、時代錯誤のスパルタ研修とは内容がまったく違う。登山研修はレクリエーションの要素を含みながら、チームワークを育《はぐく》むことが主な目的だ。

全員で山頂に到達することで得られる達成感、共通の苦労を体験することで生まれる協調性、遅れているメンバーをサポートすることでの仲間意識など、得られるものは多い。

コミュニケーションを取りながら山を登ることで、自然とリーダーシップを取る者が現れる。よいチームには、必ず優秀なリーダーがいるものだ。そして、リーダーに従ってサポートにまわる者もいる。そうやってチームワークが形成されて、それが実際の業務にも生かされるのだ。

新入社員たちには、あらかじめカリキュラムが伝えられている。登山研修で使う動きやすい服と靴は、各自で持参することになっていた。

出発は午前十時で正面玄関前に集合だ。

和樹と真理恵も、新入社員たちといっしょに山を登ることになる。今年の研修地は去年までとは違うので、なれている者がひとりもいない。万が一にも事故が起こらないように、しっかり見守らなければならなかった。

2

正面玄関前に二十人の新入社員が集まった。

これまでの講義ではスーツを着ていたが、今日は全員が動きやすい服装になっている。上下ジャージだったり、ダンガリーシャツにチノパンだったりとさまざまだ。ふだんとは違う姿が新鮮に感じた。

和樹はデニム地のシャツにジーパンという服装だ。真理恵は長袖の黒いTシャツに黒いレギンスを穿き、黄色のショートパンツを合わせている。意外にもスポーティな装いで、グラマラスなボディラインが露になっていた。

和樹と真理恵を含めて、総勢二十二人での登山研修がはじまる。険しい山ではないが、気を抜くことはできない。遅れた者が道に迷ったり、疲れから転倒して怪我をしたりということが、過去に何度か起きていた。

チームの割り振りはこちらで行った。

部活の経験や本人の申告などから体力を考慮して、できるだけ平均的になるように組んである。三人で一チームなので、二十人だと六チームできて、ふたりあまる計算だ。そこで杏奈と日菜乃のチームに、和樹が加わることにした。

真理恵は何度も登山研修を経験しているため、全体を見ながら登ってもらうことになっている。

今日の昼食は食堂のおじさんにおにぎりを作ってもらったので、ペットボトルの水といっしょに配ってある。十二時すぎには山頂に到着するはずなので、そこで食べる予定となっていた。

「それでは出発しましょう。タイムレースではないので、安全を心がけて登ってください」

和樹が声をかけて、いよいよ出発する。

最初はどのチームも様子見といった感じだ。全体の動きに合わせながら、地図に従って駐車場から車道に出ていく。真理恵が誘導するように先頭に立つと、少しだけ歩くペースがあがった。

杏奈と日菜乃、それに和樹のチームは最後尾についている。

和樹は人数合わせなので、できるだけ口を出すべきではない。実質、杏奈と日菜乃のふたりだけのチームだ。運動が得意ではなさそうな日菜乃に合わせる形で、スローペースのスタートとなった。

舗装された道から山道に入っていく。

路面は土が剝き出しで、頭上には木の枝が張り出している。直射日光が当たらないので肌寒いが、緩やかな登り坂なのですぐに体温があがるはずだ。これくらいの気温のほうが体は楽だろう。

和樹は杏奈と日菜乃が並んで歩くうしろについている。結果として全体の最後尾となるので、見守るという意味ではちょうどよかった。

真理恵は先頭付近を歩いている。ふたりで前後を挟むような位置取りで、理想的な形になっていた。

杏奈は赤いチェックのダンガリーシャツを着て、スキニーのデニムパンツを穿いている。

背後から見ていると、プリッとした尻が気になってしまう。背負っているリュックサックの下で、張りのある尻たぶが左右に揺れているのだ。初日の夜、立ちバックで突きまくった記憶がふとよみがえった。

（なにを考えてるんだ……）

慌てて自分を戒《いまし》める。

今は新入社員たちの安全に気を配らなければならない。首を振って淫らな記憶を追い払うと、あらためて気持ちを引き締めた。

日菜乃は上下とも淡いピンクのジャージを着ている。

ついつい視線が尻に向いてしまう。歩を進めるたびに、プリプリと左右に揺れるのだ。しかも、ジャージの生地にパンティのラインが浮き出ている。パンティの縁が尻たぶに食いこんでいるのがはっきりわかった。

パンティは布地の面積が少なくて、尻たぶ全体を覆うタイプではない。形から想像すると、意外にもセクシーなデザインなのかもしれない。日菜乃は気弱でおとなしいタイプだ。そんな彼女の秘密を知った気がして、登山研修の最中だというのに胸の鼓動が高鳴った。

「日菜乃は部活とかやってたの？」

杏奈が日菜乃に話しかける。

はきはきした声で、まだ元気いっぱいという感じだ。呼吸はふだんと変わらず、少しも乱れていなかった。

「わたしはなにも……部屋でひとりでいるのが好きだから。杏奈ちゃんは？」

日菜乃が小声で答える。

ふだんから声は小さいが、今日はさらに聞き取りづらい。歩を進めるたびに声が揺れていた。

ふたりは同室なので、少しは仲よくなったようだ。タイプはまったく異なるが、名前で呼び合う感じが微笑ましく感じた。

「わたしは高校のときにバレーボール部だったの。大学ではやらなかったけど、スキーとスノボは毎年行ってるよ」

杏奈が楽しげに語る。

活発なタイプで運動が得意らしい。この登山研修も体力的にはまったく問題ないだろう。気負ったところもなく、先ほどから軽快に歩いていた。

「そうなんだ。わたしは体育が全然ダメだったの……」

日菜乃が自信なさげだ。

典型的なインドア派で運動は大の苦手だという。まだスタートしたばかりだというのに足取りが怪しい。早くも疲れを感じているようだ。

「無理をしちゃダメよ。なにかあったら、すぐに言ってね」

杏奈がやさしく声をかける。仲間を気遣う姿は予想していたとおりだ。杏奈はさっそくリーダーシップを発揮しはじめていた。

「ありがとう。杏奈ちゃんといっしょだと、なんだか安心だよ」

日菜乃が息を弾《はず》ませながら答える。

しかし、集団から遅れはじめているのが気になった。やはり歩く速度が遅い。新入社員のなかで、日菜乃の体力は明らかに劣っていた。

山道の傾斜が徐々にきつくなる。

路面は土が出ているところだけではなく、雑草に覆われている部分もあった。雑草を踏むと滑るので、気を抜くことはできない。注意することが多いほど、当然ながら体力を消耗する。日菜乃の歩く速度はさらに落ちていた。

「日菜乃、大丈夫?」

杏奈がときおり声をかける。

額に汗が滲んでいるが、疲れはまったく感じさせない。まだまだ体力には余裕がありそうだ。

「うん……ありがとう」

日菜乃の声は消え入りそうなほど小さい。

体力が限界に近づきつつあるようだ。まだ先は長いが、この調子で最後まで持つのだろうか。

(これは大変だぞ……)

和樹は心のなかでつぶやいた。

心配になってしまうが見守るしかない。あっさり登頂できてしまったら、登山研修の意味はない。この苦しい状況をどうやって乗りこえるのか。チームで考えて苦境を打開しようとすることが重要だ。

仮に打開できなくても、悩んで意見を出し合うことに意味がある。

和樹や真理恵に助けを求めることになっても構わない。経験を積むことで、なにかをつかんでもらいたかった。

小休止を何度か取りながら山道を登りつづける。

日菜乃はかなり苦しそうだ。それでもなんとか食らいついて、前のグループが見える位置をキープしていた。

午後一時前、予定時間を少しすぎて山頂に到着した。

はじめての山なので、時間が読みづらかった。オーバーはしたが、それでも想定の範囲内だ。当初の予定では、午後四時までには全員が下山することになっていた。余裕を持ったスケジュールなので、少し遅れても問題はなかった。

3

山頂で昼食を摂り、充分に休憩してから下山を開始した。

時刻は午後二時だ。

疲れを滲ませている者もいるが、それでも歩けないほどではない。ただひとり、日菜乃だけが心配だった。

「川田くん、気をつけてね」

真理恵も日菜乃のことを気にしている。

全体を見まわしても、日菜乃だけが疲労困憊《こんぱい》といった感じだ。とにかく、無事に下山させなければならなかった。

「ペースを落として、最後尾を行きます」

「わかったわ。お願いね」

真理恵はそう言うと、ペースをあげて先頭に追いついた。

「日菜乃、急がなくていいからね」

杏奈がときおり声をかける。

講義で質問するときとは違って、仲間にかける声は穏やかだ。表面上ではなく心から心配しているのが伝わった。

「もう、無理かも……」

日菜乃はすっかり弱気になっている。

歩く速度はますます落ちて、前の集団から離されていた。このままだと、見えなくなってしまうかもしれない。

「わたしがいるから大丈夫よ」

「先に行って……」

「そんなことできないよ。いっしょに下山しよう」

杏奈は忍耐力もある。

悲観的になった日菜乃を前にしても、決して苛つくことはない。あくまでも寄り添って、歩調を合わせて歩いている。自分のペースを崩すのは疲れるものだが、杏奈は苦しい顔を見せなかった。

(きっとこういう人が、将来リーダーになるんだな)

和樹は妙に納得していた。

杏奈の姿が、真理恵に重なって見える。将来は出世して、真理恵のようになるのではないか。日菜乃への気遣いを見ていると、部下たちから慕われる上司になった姿が想像できた。

前の集団が小休止を取っている。

そこになんとか追いついた。杏奈は余裕があるが、日菜乃は地面にへたりこんでしまう。力つきたようにうなだれて、顔をあげることもできずにいた。

「かなり苦しそうね」

真理恵がやってきて和樹に声をかける。

経験上、疲労度合いが推測できるのだろう。これ以上、無理をさせることはできないと思ったらしい。

「中山さんは、ペースを落として休憩を増やさないと危険だわ。まだ日が落ちるまで時間があるから、川田くんがついてゆっくり下山して」

「わかりました。工藤さんはどうしますか」

和樹は休憩中の杏奈に視線を向けた。

「工藤さんは余裕があるから、わたしといっしょに下山させるわ。遭難のリスクは最小限に抑えないと」

　真理恵の言葉は説得力がある。

　この小さな山でも、疲労が蓄積していれば遭難することもあるのだ。疲れて判断力が鈍ると、通常ならあり得ないミスを犯したりする。登山研修を色々と調べてみて、山を舐めてはいけないことをしっかり学んでいた。

「わかりました。工藤さんに伝えます」

　和樹はすぐ杏奈のもとに向かった。

　杏奈は地面にへたりこんでいる日菜乃の隣に腰をおろしている。励ますように肩を抱いて、しきりに声をかけていた。

「ちょっといいかな」

　緊張を押し隠して声をかける。

　あの夜のことがあるので、なんとなく話しづらい。それは杏奈のほうも同じだと思う。あれからまともに言葉を交わしていなかった。

「はい……」

　杏奈は平静を装って返事をする。

だが、瞳には警戒心が滲んでいた。探るように和樹の目を見つめて、それきり口を開こうとしなかった。

必要最低限のことしか話すつもりはないのだろう。

あの夜、誘ってきたのは杏奈のほうだ。それなのに、どうして自分がこんな仕打ちを受けるのだろうか。なにか納得がいかないが、今は全員を無事に下山させることがなによりも重要だ。

「ここから、工藤さんは課長といっしょに下山してください」

「どういうことですか」

杏奈は当然の疑問を口にする。瞳には不満の色が滲んでいた。

「中山さんは疲労が激しいので、ペースを落として俺といっしょに下山することになりました」

「それなら、わたしも日菜乃についていきます」

すかさず杏奈が申し出る。

同じチームになったのだから、行動をともにしたいと思うのは当たり前だ。順位は関係ないが、いっしょにゴールすることには意味がある。杏奈が日菜乃に寄り添うのは、登山研修を理解している証拠だ。

「想定していた以上に中山さんが疲労しているので、今回は緊急の措置です」

「わたしたちはチームですよ。それなのに別行動はおかしいと思います」

杏奈は一歩も引こうとしない。面倒なことになってきた。なにしろ頑固なので、そう簡単には納得しないだろう。

（参ったな……）

和樹が頭を悩ませていると、真理恵がすっと近づいてきた。

「これは会社としての決定です。わたしたちは新入社員のみなさんを無事に下山させなければなりません。納得できないのもわかりますが、予定や計画が変更になることもあります。柔軟に対応することも、これからは求められます」

ふだんは穏やかな真理恵にしてはきっぱりした口調だ。杏奈の顔をまっすぐ見つめて、毅然とした態度で言いきった。

「わかりました」

杏奈は静かにつぶやいた。

納得はしていないようだが、従うしかないのは理解したようだ。

理不尽だと思うことでも、社員である以上は受け入れるしかない。そういう場面はこれからいくらでも出てくる。それを今のうちに学んだのは、杏奈のためにはよかったのではないか。なにしろ、リーダーの資質がある。真理恵からいろいろなことを吸収してほしかった。

「そういうことだから、中山さんはゆっくり下山しましょう」

和樹はできるだけやさしい口調で、うつむいている日菜乃に声をかけた。

「は、はい……」

今にも消え入りそうな声だ。

体力が心配だが、怪我をしているわけではない。小まめに休憩を取りながら、ゆっくり下山すれば大丈夫だろう。

4

「そろそろ出発しようか」

「はい……」

和樹が声をかけると、日菜乃はうなずけるくらいには回復していた。

真理恵たちのメイングループが出発して十分ほどが経っている。すでに姿は見えなくなっており、山のなかに残っているのは和樹と日菜乃だけだった。

「立てるかな」

手をつかんで引き起こす。

立ちあがると、日菜乃はすぐに歩きはじめた。ペースは遅いが、思ったよりも足取りはしっかりしている。長めに休憩を取ったのがよかったのだろう。この調子なら日が暮れる前に下山できるはずだ。

「大丈夫。焦らずにゆっくり行きましょう」

「わかりました……」

「疲れたらすぐに言ってください。時間は充分あるので、休憩をちょこちょこ挟むのがよいと思います」

和樹は声をかけながら、日菜乃の隣に立って歩いた。

なにかあったらすぐ支えられるように、常に身構えている。この感じで一歩ずつ進むしかなかった。

自分のペースが楽なのか、日菜乃は三十分ほど歩きつづけた。

「いったん休憩にしましょう」

和樹が声をかけて歩みをとめる。

意外なことに、本人はいっこうに疲れたと言わない。もしかしたら、やせ我慢をしているのかもしれない。遅れて迷惑をかけたくないと思っているのではないか。念のため早めに休憩を取ることにした。

「まだ少し歩けそうですけど……」

日菜乃はきょとんとしている。

あまり疲れを感じていないようだ。先ほどはフラフラだったのに、いったいどういうことだろうか。しかし、顔がうっすら赤らんでいる。体に熱がこもっているのではないか。

「無理をしないほうがいいです。急ぐ必要はないので、疲労が蓄積する前に休みましょう」

「では、そうします」

日菜乃は素直に受け入れた。

木の根もとに腰をおろして休憩する。それぞれリュックサックからペットボトルの水を取り出して、喉を潤した。

「さっきよりも元気みたいですね」

不思議に思いながら話しかける。

和樹は脚が疲れているが、なぜか日菜乃は平気そうだ。もしかしたら、疲れすぎて感覚が麻痺しているのだろうか。

「そうなんです。疲れてはいるんですけど、それほどでもないっていうか……」

日菜乃自身もよくわかっていないらしい。

とにかく、それほど疲労を感じていないという。どういうことなのかは、まったく予想がつかなかった。

「ただ、身体は熱いんですけど……」

日菜乃の顔はうっすら赤く染まっている。

やはり身体に熱がこもっているようだ。ここで休憩して正解だった気がする。時間はあるので、もう少し休んで火照りが収まるのを待つべきだろう。

それにしても静かだ。

周囲に視線をめぐらせるが、木々が生い茂っているだけでなにもない。頭上に覆いかぶさった枝の隙間から、日の光が射しこんでいる。雰囲気は悪くないが、ずっと同じ景色なのもおもしろみがなかった。

山道があるのに、山登りを楽しんでいる人はいない。午前中からずっと歩いているのに、誰にも会っていなかった。

（なんにもない村だからな……）

あらためて思う。

こうして山歩きをしても、今ひとつ楽しめないのは景色がよくないからだ。どこかに開けた場所があって、村を見おろせたりすれば人気が出ると思う。ところが、山頂すらも木々に囲まれていた。

（まあ、人気がないおかげで、空いてたんだけどね）

心のなかでつぶやいて苦笑が漏れる。

文句を言うつもりはないが、本当になにもない村だ。直前になっても合宿施設に空きがあるのは当然な気がした。

来年の新人研修は、おそらく従来の場所に戻ると思う。一年後ならオリエンテーション施設の建て直しも終わっているだろう。この村に来ることは、もう二度とないと思う。それくらい退屈な村だった。

「ところで、工藤さんとはずいぶん打ち解けたみたいですね」

ふと思い出して尋ねる。

日菜乃と杏奈はタイプがまるで異なるが、意外と仲がよさそうに見えた。案外、嚙み合っているのだろうか。

「わたしは人見知りなんですけど、杏奈ちゃんが話しかけてくれるので……」

「工藤さんは積極的だからね」

「はい……ほかの人だったら、ひと言も話していなかったかもしれません」

日菜乃がうつむいたまま小声でつぶやく。

確かにこの話しかたを聞いているだけでも、人見知りだとわかる。きっと学生時代は友達が少なかったのではないか。そういえば、部屋でひとりでいるのが好きだと言っていた。

「インドア派みたいだけど、家ではなにをやってるんですか」

「ゲームをしたり、マンガを読んだり……そんな感じです」

「なるほど……」

尋ねたのはいいが話をひろげられない。和樹はゲームをやらないし、マンガもあまり読まなかった。

「中山さんは映画とかは観ないの？」

映画の話なら、多少は盛りあがれるかもしれない。そう思って話を振ったのだが、日菜乃はうなずいてくれなかった。

「あんまり観ないです」

「そうなんだ……」

沈黙が流れる。

腕時計に視線を落とすが、まだ出発するには早い。もう少し休憩を取ったほうがいいだろう。

なんとなく、正面の森のなかに視線を向ける。木の幹と枝がいくつも重なっているため、奥までは見渡せない。それでも、ある程度行った先に、なにか赤いものがチラリと見えた。

(あれは、確か……)

初日の夜に見た花ではないか。

合宿施設の駐車場から散策路が伸びており、その先に赤い花が咲いていた。もしかしたら、あれと同じ花かもしれない。

日菜乃なら花の名前を知っているだろうか。尋ねようと思うが、ほんの少し角度を変えただけで花が見えなくなる。木の幹や枝が複雑に重なり、咲いていた場所を見失ってしまった。

(なにか話題はないかな……)

無理に話す必要はないが、黙っていると空気が重くなる。

日菜乃は自分のせいで迷惑をかけていると思っているのだ。落ちこんで暗い雰囲気になっているので、その空気をなんとかしたかった。

「それじゃあ、マンガはどんなの読むの？」

「ジャンルが偏《かたよ》っていますから……」

「俺でも知ってるマンガはあるかな」

「たぶんないと思います。少女マンガなので……」

日菜乃が申しわけなさそうにつぶやく。

話題がひろがらないことを、日菜乃も気にしているらしい。杏奈とも趣味が合わなそうだが、どんな話をしていたのだろうか。

「工藤さんとは、なにで盛りあがったの？」

「それは……恋バナです」

「恋バナって？」

「恋愛に関するお話のことです」

ささやくような声になっている。

横顔を見やると、さらに頬が赤くなっていた。まだ熱がこもっているのか、それとも自分の言葉に照れたのだろうか。

「なるほど、恋バナね……」

確かに女性同士が盛りあがりそうな話題だ。

しかし、ふと疑問が湧きあがる。日菜乃はインドア派で人見知りで、そのうえ気弱なタイプだ。男性と出会う機会はかなり限られそうだが、恋愛をしたことはあるのだろうか。

「わたしだって、恋愛をしたことはあります」

まだ和樹はなにも言っていないのに、日菜乃が不服そうにつぶやいた。

「どうしたの？」

「リアルな恋愛なんてしたことないだろ、って思いましたよね」

「い、いや、俺はべつに……」

和樹は慌てて否定する。

本当は少し思ったが、認めないほうがいい。あくまでも惚《とぼ》けるつもりで首を左右に振った。

「いいんです。まわりにどう思われているか、わかっていますから。杏奈ちゃんにも言われたんです」

日菜乃の声は淋しげだ。

なにか不本意なことを言われたらしい。自分から目をそらせるのなら、ここを深掘りするしかなかった。

「なにを言われたの？」

「彼氏、いたことないでしょって」

「そんなこと言われたんだ……」

和樹は返事に困って言葉を濁した。

どうやら、杏奈も同じことを思ったらしい。日菜乃と話していると、恋愛経験がないように見える。実際はどうなのだろうか。

「彼氏、いたことあります」

日菜乃はきっぱり言いきった。

「そうなんだ……」

「信じてないですね」

内心を見抜いたらしく日菜乃がつっかかる。うつむかせていた顔をあげて、潤んだ瞳をこちらに向けた。

「し、信じてるよ」

「本当なんです。大学生のとき、バイト先の人に告白されてつき合ったんです。ちゃんとセックスもしました。その人がはじめてだったんです」

信じてもらいたい一心なのか、日菜乃は初体験の告白までする。さすがに恥ずかしくなったのか、顔がまっ赤に染まっていた。

「わ、わかったよ」

「本当にわかってくれてますか？」

日菜乃は和樹の手を握りしめて、やけに熱心に語りかける。顔を近づけると、至近距離からじっと見つめた。

「ちょ、ちょっと……どうしたの？」

和樹は違和感を覚えて首をかしげる。

なにか様子がおかしい。日菜乃は男の手を自分から握るようなタイプではない。相変わらず顔が赤いのも気になった。

「ね、熱でもあるんじゃないかな」

困惑しながら尋ねる。

手を振り払うのも悪い気がして、身動きができない。和樹は至近距離で見つめられたまま固まっていた。

「そうかもしれません。すごく熱いんです。それに胸がドキドキして……」

日菜乃はそう言うと、握っている和樹の手を自分の胸に引き寄せる。そして、ジャージを押しあげている乳房のふくらみに押し当てた。

「わっ、ちょっと……」

とっさに手を引くが、服の上からとはいえ乳房に触れたのは間違いない。予想外の出来事で激しく動揺する。

(俺も胸がドキドキしてきたよ……)

いったい、なにを考えているのだろうか。

やはり熱があって、そのせいで言動に支障が出ているのかもしれない。よくわからないが、いつもの弱気な感じではなくなっていた。

「ちゃんと触ってくれないとわかりませんよ」

新人OLは再び和樹の手を取り、今度は左の乳房にしっかり押しつける。手のひらでふくらみを包みこむような形になった。

「ほら、ドキドキしてませんか?」

「う、うん……してるね」

答える声がうわずってしまう。

手のひらに胸の鼓動が伝わっているが、そんなことより乳房の柔らかさが気になった。ジャージの下にあるブラジャーのカップを手のひらに感じる。指先はカップの上に出ており、そっと曲げると柔肉の感触が伝わった。

「わたしにセックスの経験があるかどうか、確かめてみませんか」

日菜乃が目を見つめて語りかける。

どこまで本気で言っているのかわからない。というか、そんなことを本気で言うはずがなかった。

5

「すごく熱いんです。脱いでもいいですか？」

日菜乃は瞳をトロンと潤ませてつぶやいた。

今、ふたりはひときわ大きな木の前に立っている。日菜乃に手を引かれて、山道から森のなかに足を踏み入れたのだ。

「い、いや、こんなところで脱いだらダメだよ」

和樹は即座に答える。

ところが日菜乃は聞く耳を持たない。ジャージのファスナーを摘まむと、ゆっくりおろしはじめた。

「ここなら山道から見えないから大丈夫です」

「そういうことじゃなくて……」

和樹はとめようとするが、触れるのも気が引ける。

昨日、ハラスメント問題の講義を受けたばかりなので、女子社員の身体に触れることに抵抗があった。

躊躇している間に、日菜乃はジャージを脱いでしまう。

なかに着ているのは白いTシャツだ。乳房はかなり大きくて、前がパンパンに張りつめている。内側から強く押しつけられることで、ブラジャーのレース模様がTシャツに透けていた。

「これも脱いでいいですよね」

日菜乃はジャージを近くの木の枝にかけると、腕をクロスさせてTシャツの裾を摘まむ。そして、ゆっくりまくりあげて頭から抜き取った。

レモンイエローのブラジャーに包まれた乳房が露になる。ハーフカップのブラジャーから、今にも双つの柔肉がこぼれそうだ。Tシャツも木の枝にかけると、日菜乃は両手を背中にそっとまわした。

（ま、まさか……）

心のなかでつぶやいた直後だった。

ブラジャーがはずされて、新鮮なメロンを思わせる乳房が勢いよくプルルンッと飛び出した。

「おおっ……」

和樹は思わず両目を見開いて唸った。

これほど大きいとは驚きだ。ふだんは弱気でおとなしいため、なおさら乳房のボリュームに圧倒された。

白い柔肉は大きいのに、まったく垂れていない。重力に逆らうように前方に飛び出している。見事な張りを保っており、しかも鮮やかなピンクの乳首はツンと上を向いていた。

「恥ずかしいけど、見てください」

日菜乃は見られて興奮したのか、息づかいが荒くなっている。荒い呼吸に合わせて双つの乳房が上下に揺れていた。

「す、すごい……お、大きいんだね」

つぶやいた直後に自己嫌悪が湧きあがる。

乳房を見て、感想を述べている場合ではない。日菜乃を無事に下山させなければならないのに、いったいなにをやっているのだろうか。

「た、体調はどうなの……大丈夫なら出発しないと……」

和樹はもっともらしくつぶやくが、視線は乳房に引きつけられたままだ。

波打つ白い柔肌と、視線を感じたせいかぷっくり隆起している乳首が気になって仕方がない。大きな乳房が誘うように揺れている。触れてみたい欲望がこみあげて、心のなかで葛藤をくり返した。

（さ、触りたい……いや、ダメだ……）

早く下山したほうがいい。

真理恵が率いているメイングループは、すでに麓《ふもと》の近くにいるはずだ。こんなところで時間を浪費している場合ではない。

「た、体調……回復してるんだよね？」

「大丈夫です。だから、好きにしてもいいですよ」

日菜乃はそう言うと、ジャージのズボンに手をかける。そして、ゆっくり引きさげて、スニーカーを履いている足から抜き取った。

レモンイエローのパンティが股間に貼りついている。日菜乃のおとなしいイメージからは想像がつかない、面積の狭いセクシーなデザインだ。妙に色っぽく見えて、和樹は思わず生唾を呑みこんだ。

「処女かどうか、確認したくありませんか?」

日菜乃は挑発するような目を向ける。

そして、最後の一枚であるパンティのウエスト部分に指をかけた。和樹の視線を意識して、腰をくねらせながらじりじりと引きさげる。やがて恥丘にそよいでいる漆黒の陰毛がふわっと溢れ出した。

「おおっ……」

和樹はまたしても唸ってしまう。

日菜乃の陰毛はとくに整えたりせずに、自然な感じで生えていた。口数が少なくて弱気な印象を裏切り、白い恥丘を黒々と埋めつくしていた。

(すごい……こんなに濃いのか)

濃厚な陰毛から目が離せない。興奮の連続で、下山のことは頭の片隅に追いやられていた。

この異常な状況に流されて、ボクサーブリーフのなかのペニスはすでに硬くなっている。新人OLの誘惑に抗えない。亀頭の先端からは大量の我慢汁が溢れて、ドロドロになっていた。

「恥ずかしいけど、興奮しちゃう」

日菜乃は前屈みになると、片足ずつ持ちあげてパンティを抜き取った。

これで女体に身につけているのはスニーカーだけだ。日菜乃は指先で摘まんだパンティを、枝にかけたジャージの上にそっと乗せた。

「森のなかなのに……ああっ」

大木の幹に背中を預けて色っぽいため息を漏らす。

このシチュエーションに昂っているらしい。日菜乃はせつなげな表情になり、和樹の目をじっと見つめた。

「川田さん……」

腰をくねらせて、内腿をもじもじ擦り合わせる。すると、深閑《しんかん》とした森にクチュッという淫らな蜜音が響きわたった。

（濡らしてるのか……）

和樹の視線は日菜乃の股間に向いている。

自分で服を脱いで全裸になるほど興奮しているのだ。膣を濡らしていてもおかしくない。しかし、ふだんのおとなしい日菜乃を知っているだけに、激しいギャップを感じていた。

「熱いんです。ここが……」

日菜乃は木に寄りかかったまま、脚をゆっくり開きはじめる。右手で大きな乳房をこってり揉んで、左手は臍《へそ》の下にあてがって円を描くように撫でまわす。今にも股間に指を這わせそうな雰囲気だ。自慰をする寸前まで昂っているに違いない。

(どうして、そんなに……)

なにが日菜乃をそこまで追いこんでいるのだろうか。

とにかく、淫らな表情を浮かべて和樹を誘っているのだ。足は肩幅ほどに開かれて

おり、股間をクイクイとしゃくっている。陰唇が今にも見えそうで見えないのが、か

えって牡の欲望を煽り立てた。

「な、中山さん……」

ここまでされたら我慢できない。

フラフラと歩み寄り、チノパンとボクサーブリーフを膝まで一気におろした。とた

んに天を衝《つ》くほどに屹立《きつりつ》したペニスが跳ねあがった。

「ああっ、すごいです」

日菜乃がうっとりした瞳でつぶやく。

勃起した肉棒を見ても怯える様子はない。それどころか興奮してハアハアと乱れた息をまき散らした。

「は、早く……ください」

逸《はや》る気持ちを抑えられないらしい。脚を開いて股間を突き出すと、一刻も早い挿入をねだる。

これほど淫らなポーズがあるだろうか。しかも、人に見られる可能性のある屋外で全裸になり、しきりにペニスを求めているのだ。日菜乃の豹変に驚きながらも、和樹は真正面から歩み寄った。

（もう、我慢できない……）

ペニスは痛いくらいに漲《みなぎ》っている。

こんなことをしている場合ではないと思いつつ、欲望を抑えられない。昼の日射しが降り注ぐなか、右手で日菜乃の左脚を持ちあげる。脇に抱えこんで、股間をぱっくり開かせた。

「こ、こんな格好……ああっ」

秘部を晒《さら》されていることに昂ったらしい。日菜乃の唇が半開きになり、色っぽいため息が溢れ出した。

挿入する前に、かがんで日菜乃の股間をのぞきこむ。黒々とした陰毛の奥には、形崩れのない鮮烈なピンクの陰唇が息づいていた。形と色合いからして、いかにも経験が少なそうだ。

「それじゃあ……」

和樹はあらためて体勢を整えると、日菜乃の左脚を脇に抱えこんだ状態で、亀頭の先端を陰唇に押し当てた。

「あンっ……く、ください」

眉を八の字に歪めて懇願する。そんな日菜乃の表情に興奮して、真下からペニスをググッと突きあげた。

「はあああッ」

「おおおッ、は、入ったっ」

ついに亀頭が膣に収まった。

とたんに入口がキュウッと締まり、太幹にしっかりからみつく。なかの襞も歓迎するようにザワザワと蠢いて、亀頭の表面を撫でまわした。

「もっと挿《い》れるよ……ふんんッ」

さらにペニスを押し進める。みっしりつまった媚肉をかきわけて、根もとまでずっぷりと挿入した。

「ああぁッ、す、すごいですっ」

日菜乃は顎を跳ねあげて、たまらそうな喘ぎ声を振りまく。両手を和樹の首にまわすと、乳房を胸板に押し当てて抱きついた。

「これが欲しかったんだね」

「は、はい……ほ、欲しかったです」

耳もとでささやけば、女体がヒクヒクと反応する。

ペニスを挿入しただけだが、今にも昇りつめそうだ。試しに腰を大きく回転させてみる。カリが膣壁にめりこんで、女壺が急激に収縮した。

「はあああぁッ、ゴリゴリって……あああッ、あああああぁッ！」

日菜乃の唇から甲高《かんだか》い嬌声《きょうせい》がほとばしる。全身をガクガクと痙攣させて、必死に和樹の首にしがみついた。

あっという間にアクメに達したらしい。股間をしゃくりあげた格好で固まり、ペニスを思いきり締めつけている。膣の奥から華蜜がどんどん溢れて、結合部分はお漏らしをしたような状態になっていた。

「くううッ、こ、これはっ」

絶頂に巻きこまれないように尻の筋肉に力をこめる。

女壺の締めつけは凄まじいが、ギリギリのところで耐えきった。研修合宿がはじまってから連日に渡ってセックスしている。なぜかはわからないが、女性に誘惑されてばかりだ。その経験が生きて、なんとか射精欲を抑えこむことに成功した。

6

「ずいぶん感じやすいんだね」

和樹は耳もとで語りかける。

すると、日菜乃は恥ずかしげに腰をくねらせた。ペニスは深く埋まったままで、まだ膣のなかがうねっていた。

「ああンっ……こんなのはじめてです」

自分の反応に驚いたのか、日菜乃は困ったように眉を歪めている。

どうやら挿入しただけで達したのは、本当に今回がはじめてのようだ。膣は経験の少なさを物語るように狭くてきつい。それなのに大量の華蜜が溢れており、どうしようもないほど欲情していた。

「自分でもわからないんです。でも、すごく興奮しちゃう……」

「挿れただけでイクなんて、びっくりしたよ」

「ああンっ、だって、川田さんの大きいから……」

日菜乃が口づけをねだるように唇を突き出す。サクランボのようにプルンッとして瑞々しい唇だ。

ここまできたら遠慮するつもりはない。和樹は躊躇することなく、日菜乃の唇にむしゃぶりついた。いきなり舌をねじこんで、甘い口のなかを舐めまわす。頬の内側の柔らかい部分や歯茎に舌を這わせて、甘い唾液をすすり飲んだ。

「はンっ……はあンっ」

日菜乃が鼻にかかった喘ぎ声を漏らす。

自分から舌を伸ばして、和樹の口のなかを舐めはじめた。さらには唾液を吸いあげて嚥下する。日菜乃がこんな濃厚なキスをするとは意外だった。さらには舌同士をからみつかせて、腰を焦れたようにくねらせる。

「ううッ……なかがウネウネしてるよ」

とてもではないが黙っていられない。唇を離して瞳をのぞきこんだ。

膣道が咀嚼《そしゃく》するように蠢いて、ペニスが揉みくちゃにされている。フェラチオや手でしごくのとは、まったく異なる快楽だ。和樹の腰も自然とくねり、亀頭の先端から我慢汁が滲み出た。

「あンっ、また……ああンっ、また感じちゃいます」

日菜乃が潤んだ瞳で訴える。

先ほど絶頂に達したばかりだが、再び欲望がふくらんでいるらしい。ピストンを欲するように、股間をねちっこくしゃくりはじめた。

「動いてほしいんだね。俺も動きたい」

女体をしっかり抱きしめると、腰をゆっくり突きあげる。片脚を脇に抱えこんだ状態で、ペニスを奥深くに埋めこんだ。

「いくよ、ふんッ」

「はあああッ」

ひと突きだけで日菜乃が敏感に反応する。

瑞々しい身体がビクビクと震えて、立っていられないほどだ。必死に和樹の首にしがみつき、艶めかしい喘ぎ声を振りまいた。

「ああッ、す、すごいですっ」

「中山さんのなか、すごく気持ちいいよ」

ささやきながらペニスを引き出し、再び真上に突きあげる。ズンッという衝撃とともに、女体が弓なりに仰け反った。

「あああッ、い、いいっ」

「くううッ……またイキそうなの？」

「こ、今度はいっしょに……あああンっ」

日菜乃の悶えかたは激しい。ペニスの出し入れに合わせて、下腹部が大きく波打った。喘ぎ声のボリュームもあがり、股間をクイクイしゃくりあげる。膣口がキュウッと収縮して、ペニスを思いきり絞りあげた。

「ぬううッ……す、すごいっ」

たまらず呻き声が溢れ出す。

快感の小波《さざなみ》が次から次へと押し寄せて、それがどんどん蓄積していく。ペニスに刺激を受けるほど、自然とピストンが加速する。膝の屈伸を利用して、太幹を力強く出し入れした。

「ああッ……ああッ……い、いいっ、すごくいいですっ」

「お、俺も……くううッ」

下腹部に射精欲が生じたと思ったら、瞬く間にふくれあがる。尻に力をこめて耐えながら、さらにペニスを勢いよく突き挿れた。

「はあああッ、か、川田さんっ」

日菜乃の喘ぎ声が切羽つまる。

絶頂が迫ってきたのは間違いない。ピストンに合わせて股間をしゃくり、貪欲に快楽を求めている。結合部分からは湿った蜜音が響きわたり、聴覚からも欲望が刺激された。

「ヌ、ヌルヌルして……うううッ」

大量の華蜜がペニス全体をコーティングすることで、滑りがよくなっている。猛烈な勢いで腰を振り、張り出したカリで膣壁を擦りあげた。

「あああああッ、擦れてますっ」

日菜乃の唇から甲高い喘ぎ声がほとばしる。

ふだんとはまるで別人のように貪欲だ。屋外の解放感がそうさせるのか、大胆に股間をしゃくってペニスを求めつづける。半開きになった唇の端から、透明な涎がツツーッと垂れ落ちた。

「くううッ、き、気持ちいいっ、くおおおッ」

和樹も呻き声を抑えられなくなる。

ペニスだけではなく、胸板に押し当てられている乳房の感触も心地いい。柔らかく形を変えており、先端で硬くなった乳首がコリコリと擦れている。全身で女体を感じることで、いよいよ射精欲がきわどいところまで盛りあがった。

「な、中山さんっ、も、もうっ」

「あああッ、わ、わたしもですっ」

日菜乃も限界が近づいているらしい。腰に何度も小刻みな痙攣が走り、膣の締まりがいっそう強くなった。

「そ、そんなに……くううッ」

もうこれ以上は耐えられそうにない。

ペニスが限界までふくれあがり、今にも精液が噴き出しそうになっている。射精したくてたまらない。ラストスパートの抽送《ちゅうそう》に入って、欲望のままにペニスをたたきこんだ。

「おおおッ、おおおおッ」

低い唸り声をあげて、一心不乱に腰を振る。女壺の熱い感触を味わいながら、ひたすらに快楽を貪った。

「あああッ、ああああッ」

日菜乃も喘ぐだけになっている。女体が上下に弾むように揺れて、首スジがまっ赤に染まった。

「も、もうダメだっ、で、出るっ、出る出るっ、くおおおおおッ！」

ペニスを根もとまで突きこんだ直後、ついに射精欲が爆発する。

精液が凄まじい勢いで尿道を駆け抜けて、亀頭の先端から噴き出した。粘度の高いザーメンが、尿道口を擦りながら出ていくのが気持ちいい。全身がガクガク震えるほどの快感がひろがり、女体を強く抱きしめた。

「はあああッ、イ、イクッ、イクイクッ、あああああああッ！」

艶《なま》めかしいよがり泣きが森のなかに反響する。熱いほとばしりを女壺の奥に受けて、日菜乃も一気にアクメへと駆けあがった。

よほど気持ちがいいのか、涙を流しながらの絶頂だ。股間をググッとしゃくった状態で、深く埋まっているペニスを締めつける。硬くしこった乳首を和樹の胸板に擦りつけて、いつまでも淫らに喘ぎつづけた。

どちらからともなく顔を寄せて唇を重ねる。

舌をねちっこくからませると、絶頂がより深いものへと変わっていく。膣がヒクヒクと蠢いて、埋めこんだままのペニスを刺激した。

「ううぅッ……」

快感は途切れることなくつづいている。もう出ないと思っていたのに、精液がドピュッ、ドピュッと噴き出した。

「ああぁッ、すごい……すごいです」

日菜乃も呆《ほう》けた顔で喘いでいる。

女の欲望とは、これほど深いものなのだろうか。登山であれほどバテていたのが嘘のように、貪欲に快楽を貪っていた。

第四章　愉悦の泡姫プレイ

1

メイングループに遅れること約二時間、和樹と日菜乃は無事に下山した。

晩ご飯の時間にぎりぎり間に合った。しかし、風呂に入る時間はなかったので、タオルで汗だけ拭いて食堂に向かった。

「お疲れさま。大変だったわね」

真理恵が労いの言葉をかけてくれる。

帰りが遅いふたりのことを心配していたらしい。ほっとした表情を浮かべて、やさしく微笑んだ。

「ご心配おかけして、すみません」

和樹は小声でつぶやいた。

うしろめたさがあり、真理恵と目を合わせることができない。実際は森のなかでセックスをしていた。立位で挿入して快楽を貪り合った。あれがなければ、もっと早く下山できたのだ。

「中山さんの具合はどうなの？」

「なんとか大丈夫そうです」

「それならよかったわ」

真理恵がうなずいた直後、日菜乃が食堂にやってきた。

「日菜乃、こっちよ」

先に席についていた杏奈が声をかける。

すると、日菜乃はにっこり笑って、弾むような足取りで駆け寄った。同室になったことで、すっかり仲良しになっていた。

「意外と元気そうね」

真理恵がつぶやいて首をかしげる。

登山研修のときは息も絶え絶えといった感じだったので、真理恵が疑問を抱くのは当然のことだろう。

「そ、そうですね……小まめに休憩を取ったのがよかったのかな」

とっさに口から出たのは、そんな言葉だった。

自分でも無理があると思うが、なにも浮かばない。実際、どうして日菜乃が元気になったのかわからなかった。

「若いから、回復も早いのかしら……」

真理恵は不思議そうにしながらも、それ以上は追及しない。なにより無事に下山したことで安堵していた。

食事を摂る間も、和樹は山でのことが頭から離れなかった。

どうして日菜乃はあれほど興奮していたのだろうか。疲労困憊でフラフラしていたのに、下山中になぜか元気になって和樹を誘惑した。ふだんのおとなしい姿からは想像がつかないほど淫らだった。

日菜乃は杏奈とおしゃべりをしながら食事を摂っている。

思い返すと、杏奈も和樹のことを誘ったのだ。夜の東屋で自慰行為に耽《ふけ》っていただけでも普通ではない。そのうえ、和樹を誘惑して立ちバックで腰を振り合った。杏奈らしくない行動だった。

笑みを浮かべながら話している日菜乃と杏奈を見ていると、説明のできない違和感が胸にこみあげる。

（それに、三島さんも……）

ふと思い出す。

ビジネスマナー講師の透子ともセックスをしている。ワインを飲んで酔ったせいなのか、透子のほうから迫ってきた。

なぜか新人研修がはじまってから女性に誘われることが連続している。和樹自身は今までどおりで、とくに変わったところはない。突然モテるようになる要素はなにもなかった。

（単なる偶然かな……）

いくら考えてもわからない。

おいしい思いはできたが、あとで問題にならないか不安になる。なにしろ新入社員がふたりに人妻の講師だ。どれかひとつでも発覚したら、まずいことになるのは間違いなかった。

（これ以上、過《あやま》ちを犯さないように気をつけないと……）

自分自身に言い聞かせる。

さすがにもう誘惑されることはないと思うが、注意するに越したことはない。仕事に不満はないので、会社にいられなくなるような事態は避けたかった。

「お風呂、まだ入ってないんでしょう？」

食事を終えようとしたとき、真理恵が話しかけてきた。

「もしかして、汗くさかったですか。すみません」

申しわけないことをしたと思って謝罪する。

せっかくの食事がまずくなってしまったのではないか。濡れタオルで入念に拭いたつもりだが、それでも汗のにおいは消えなかったのだろう。

「そうじゃないのよ。がんばってくれたから、露天風呂に連れていってあげようと思ったの」

「露天風呂があるんですか？」

まったく予想していないことだった。

新人研修に関係のあることは、事前にしっかり調べておいた。だが、それ以外のことはよく知らなかった。

「この近くに共同浴場があって、そこに露天風呂があるらしいのよ。さっき村の人に聞いたの」

真理恵が穏やかな声で語る。

食堂で働いている村の職員に教えてもらったらしい。温泉が湧いているので共同浴場が作られたが、村から遠いため利用者はほとんどいないという。

「いつも空いてるんですって。どうかしら？」

「露天風呂ですか。いいですね」

どうせ風呂に入るなら、温泉ですっきりしたい。今日は山に登って汗だくになったので、なおさら気持ちがいいに違いない。

「でも、混浴ではないの。残念ね」

真理恵がぽつりとつぶやいた。

「な、なにを言ってるんですか。混浴だったら困りますよ」

ついむきになってしまう。

すると、真理恵は楽しげに「ふふっ」と笑った。からかわれただけだとわかり、顔がカッと熱くなった。

「わたしも、混浴だったら困るわ」

真理恵がこんな冗談を言うのはめずらしい。

それだけ打ち解けたということだろうか。もしかしたら、和樹の仕事ぶりを多少なりとも認めてくれたのかもしれない。和樹は赤面しながらも、少し誇らしい気持ちになっていた。

2

「へえ、こんなところに共同浴場があったんですね」

和樹は車から降りてつぶやいた。

食事を終えて一服してから、真理恵の運転で連れてきてもらった。合宿施設からわずか五分ほどの距離だった。

目の前にあるのは木造の建物だ。

観光施設ではなく共同浴場なので、飾り気はまったくない。聞いていなかったら資材置場かなにかと勘違いしていただろう。とにかく、露天風呂に入れるのならありがたい。

「ほかに車は停まってないから、誰もいないみたいね」

真理恵の言うとおり、自分たち以外に人の気配はなかった。

引き戸を開けて建物のなかに入る。すると、それぞれ男湯と女湯の暖簾《のれん》がかかった入口があった。

「それじゃあ、ごゆっくり」

真理恵は微笑を浮かべて告げると、女湯の暖簾を潜《くぐ》った。

和樹も男湯の脱衣所に向かう。板張りの床に木製の棚が設置されており、籐《とう》の籠《かご》が置いてある。簡易的な作りの脱衣所だ。一応、手入れはされているようだが、古さは否《いな》めない。それでも共同浴場としては充分だろう。

さっそく服を脱いで裸になると、ガラス戸を開けて浴室に足を踏み入れる。

硫黄《いおう》のにおいがほのかに漂っていて、紛れもなく温泉だ。床も浴槽も水色のタイル張りで、大学生のときにときどき利用していた銭湯を思い出した。浴槽は家庭用のものをふたまわりほど大きくしたくらいで、シャワーはふたつしかない。奥にガラス戸があり、そこを出ると露天風呂になっているようだ。

(ちょっと狭いけど、貸し切りみたいなもんだしな)

独り占めなので狭くても問題ない。まさか新人研修合宿で温泉に入れるとは思いもしなかった。

シャワーの前に置いてある木製の風呂椅子に腰かける。

ボディソープとシャンプーとリンスが用意してあるのも助かる。カランをひねってシャワーを出すと、まずは全身にさっと浴びて汗を流した。

そして、ボディソープで体を洗おうとしたときだった。背後でガラス戸の開くガラガラという音が聞こえた。

「えっ……」

はっとして振り返ると、裸体をタオル一枚で隠した真理恵が立っていた。

真理恵は白いタオルを乳房にあてがっている。タオルは縦長に垂れており、かろうじて股間を隠していた。身体の両脇は完全に露出している。腰のくびれた曲線もまる見えになっていた。

「あ、あの……ど、どうしたんですか？」

思わず内股になって股間を隠しながら声をかける。

なにが起きたのかわからず、頭のなかがパニックになっていた。見てはいけないと思いつつ、三十路《みそじ》すぎの色っぽい腰のラインやむっちりした太腿が気になってしまう。視線を離すことができずに凝視していた。

「がんばったから、背中を流してあげるわ」

真理恵は恥ずかしげに頬を赤らめながらささやく。

いったい、なにを言っているのだろうか。がんばったと褒めてもらえるのはうれしいが、どう考えても背中を流すことにはつながらない。しかも、真理恵は明らかに裸で、きわどい格好をしているのだ。

「じょ、冗談ですよね？」

またからかわれているのだろうか。それにしては過激すぎるジョークだ。

「冗談でこんなことできると思う？」

真理恵はそう言いながら歩み寄る。そして、風呂椅子に腰かけている和樹の背後でひざまずいた。

「ま、まずくないですか……」

「部下を労うのは上司の役目よ」

「で、でも、課長はご結婚されてるじゃないですか」

「そうね。でも、それとこれとは関係ないわ」

あっさり返されて、なおさらとまどってしまう。

どういうつもりなのかわからない。強く拒絶することもできず、和樹はただ固まっていた。

真理恵はボディソープを手に取ると、泡立てはじめる。そして、両手を背後から和樹の背中にそっと押し当てた。

「うっ……」

ヌルリッと滑る感触がひろがり、思わず小さな声が漏れる。

真理恵は円を描くように手のひらを動かして、背中全体にボディソープのシャボンを塗りひろげていく。やさしくも妖しい感触にドキドキがとまらない。早くも太幹が硬くなり、亀頭もぷっくりふくらんだ。

「あ、ありがとうございます。きれいになりました」

このままつづけられたら、おかしな気持ちになってしまう。

礼を言って終わらせようとするが、真理恵はボディソープを追加して、さらに背中を撫でまわす。

「まだ終わってないわよ」

耳もとでささやいた直後、真理恵の両手が腋《わき》の下に滑りこんだ。

泡が付着しているため、簡単にヌルンッと入ってくる。敏感なところを撫でまわされて、思わず肩をすくめて腋を締めた。

「ううッ……く、くすぐったいです」

「そんなに締めたら動かせないでしょう。汗をたくさんかいたのだから、こういうところはちゃんと洗わないとね」

真理恵はまるで子供に言い聞かせるようにささやくと、手のひらをヌルヌルと滑らせる。

「くううッ……」

「ほら、力を抜きなさい」

「む、無理です、くすぐったすぎて」

とてもではないが、腋の下を無防備にさらすことなどできない。いくら上司に言われても、体が勝手に反応して腋を強く締めてしまう。

「仕方ないわね。腋の下はこれくらいにしましょう」

真理恵はそう言うと、手のひらを引き抜くのではなく、胸板へと滑らせた。

「うわっ、ちょ、ちょっと……」

慌てて大きな声をあげてしまう。

真理恵の両手が胸板にまわりこみ、背後から抱きつくような格好になっている。しかも、背中に双つの柔らかいものが触れているのだ。確認するまでもなく、それがタオルを取り去った生の乳房だとわかった。

「か、課長……」

「どうかしたの？」

真理恵は身体を離そうとしない。それどころか、さらに乳房を押しつける。和樹の背中に当たって、プニュッとひしゃげるのがわかった。

偶然ではなく、意識的に押し当てているのは間違いない。泡が付着しているところに乳房が密着しているのだ。

ヌルヌルと滑るだけではなく、柔肉の蕩《とろ》けるような感触も伝わっている。この状況で興奮しないはずがない。ペニスは完全に勃起して、先端からは我慢汁がダラダラと溢れ出した。

「ま、待ってください」

「照れてるの？」

「そ、そういうことじゃなくて……」

「わたしにまかせてね。全身、洗ってあげる」

真理恵は耳もとでささやくと、両手で胸板を撫でまわす。

ねっとりとした手つきで泡を塗り伸ばす。指先が乳首をかすめるたび、どんどん硬くなってしまう。屹立して感度があがった乳首をいじられると、甘い快感電流が走って体がビクッと反応した。

「くううッ」

「意外と筋肉質なのね。逞《たくま》しいわ」

真理恵は胸板を撫でながら、身体をゆっくり動かす。背中に押し当てた乳房がヌルヌルと滑り、蕩けるような愉悦がひろがった。

「そ、そんなことまで……」

「こうすると、背中も同時に洗えるでしょう」

唇が耳の縁に触れる。

それだけでも感じるのに、耳孔《みみあな》に熱い息を吹きこまれてゾクゾクする感覚が背すじを駆け抜けた。

「ううッ、か、課長……」

「そんなに声を出して、興奮してるの？」

真理恵の舌が耳のなかに入ってくる。

やさしくヌメヌメと舐められて、またしても快感がひろがった。その間も両手で胸板を撫でられながら、ときおり乳首をくすぐられる。背中には柔らかい乳房が押し当てられていた。

「こ、こんなのって……うううッ」

「川田くんがヘンな声を出すから、わたしも興奮してきちゃったわ」

真理恵の声が妖しげな雰囲気になる。

その言葉を裏づけるように、背中に触れている乳房の先端が硬くしこってきた。乳首が硬くなっているのは間違いない。柔らかい乳房とコリコリになった乳首の感触が和樹の欲望を煽《あお》り立てた。

「も、もう、これ以上は……」

興奮を抑えられなくなってしまう。ペニスは痛いくらいに張りつめて、我慢汁を次から次へと湧出していた。

「あンっ、擦れちゃうわ」

真理恵の唇から、うっとりした声が溢れ出す。

どうやら乳首が感じるらしい。乳房を擦りつけるほどに呼吸が乱れていく。胸板にまわした手が徐々にさがり、臍の周囲を撫でまわす。指先が陰毛に触れて期待が高まるが、それ以上は進もうとしなかった。

「ど、どうして……」

つい不満げな声を漏らしてはっとする。

頭ではいけないと思っても、体はさらなる快楽を求めてしまう。ペニスに触れてほしくてたまらないが、それを口に出すのは憚《はばか》られた。

「なにか言いたいことがあるんじゃない？」

「い、いえ、別に……」

「我慢しなくてもいいのよ」

真理恵がねっとりした声でささやく。

指先では陰毛をもてあそんでいる。泡を塗りつけては、クチュッ、クチュッと音を立てて撫でまわす。しかし、触れるのはペニスの根もとまでで、決して求めている刺激を与えてくれなかった。

3

「それじゃあ、今度は腕を洗いましょうか」

真理恵が肩に手を置いて語りかける。

「も、もう、大丈夫です……」

「ちゃんと洗わないとダメよ。体をこっちに向けてもらえるかな」

和樹の言葉はあっさり却下される。

体の向きを変えれば、勃起しているペニスを見られてしまう。それを考えると恥ずかしいが、同時に真理恵の身体を見ることができる。そう思うと、欲望がむずむずと刺激された。

「で、では……」

和樹は逡巡しながらも、風呂椅子の上で体を回転させる。向きを百八十度変えると真理恵の裸体が目に入った。

(こ、これが、課長の……)

思わず凝視してしまう。

いつもスーツ姿の真理恵が、一糸まとわぬ姿になっている。たっぷりした乳房には泡が付着しているが、造形ははっきりわかった。柔肌は白くて、硬くなっている乳首は鮮やかな桜色だ。

(課長のおっぱいって、こんなに大きいんだ)

瞬《まばた》きするのも忘れて見つめつづける。

服の上からでも大きいと思っていたが、ナマで見るとすごい迫力だ。想像していたよりもはるかに大きく、身じろぎするだけでタプタプ揺れた。

腰はしっかりくびれており、尻は左右にむっちりと張り出している。恥丘に視線を向ければ、逆三角形に手入れされた漆黒の陰毛が生えていた。どこを取っても美しい三十二歳の熟れた女体だ。

「そんなに見られたら……はああンっ」

全身に視線を浴びて、真理恵が喘ぎ声のようなため息を漏らした。

もしかしたら、見られただけで感じたのかもしれない。膝立ちの姿勢で内腿をもじもじと擦り合わせた。

「川田くんの、すごく大きいのね」

真理恵の視線が和樹の股間に向いている。

勃起したペニスを見られて、激烈な羞恥がこみあげた。しかし、見られたことで興奮したのも事実だ。ペニスはますます硬くなり、自分の下腹部に触れるほど大きく反り返った。

「腕を洗うけど、ちょっと待ってね」

真理恵はボディソープを手に取ると、立ちあがって自分の陰毛にたっぷり塗りつける。そして、手のひらで擦って泡立てはじめた。

いったい、なにをしているのだろうか。不思議に思っていると、真理恵は和樹の腕を取って水平に伸ばした。

「あの……なにを？」

「川田くんはじっとしていてね」

なにをするのかと思えば、真理恵は和樹の腕にまたがった。そして、泡まみれの陰毛を擦りつけて、腰を前後にゆったり振り出した。

「ちょ、ちょっと……」

「腕をきれいにしてあげる」

真理恵は瞳をねっとり潤ませている。

これは、たわし洗いと呼ばれているものではないか。体験したことはないが、ソープランドで行われているプレイのひとつだと聞いたことがある。女性の陰毛をたわしに見立てて、男の体を洗うらしい。

(まさか、課長がこんなことを……)

信じられないことが起きている。

ふだんはまじめな女上司が、部下の和樹にたわし洗いを施しているのだ。こんな淫らなプレイをどこで覚えたのだろうか。腰を前後に振る動きも卑猥で、気分がどんどん高揚する。

「か、課長……」

陰毛だけではなく、陰唇も腕に押しつけられている。ボディソープの泡と愛蜜を塗りつけられて、腕がしっとり濡れていく。

「ンっ……ンンっ……」

真理恵の唇から微かな声が漏れる。

陰唇が擦れて感じているのかもしれない。目を細めて、うっとりした表情を浮かべていた。

反対の腕もたわし洗いしてくれる。和樹のペニスはもうバキバキに勃起していた。我慢汁がとまらなくなっている。もう射精したくてたまらなかった。

「こんどは下半身のほうも洗いましょうね」

「か、下半身ですか……」

その言葉に期待が高まる。

もはや拒絶するつもりはない。頭の片隅ではまずいと思っているが、それより欲望のほうがうわまわっていた。

真理恵が泡立てたボディソープを乳房にたっぷり塗りつける。そして、和樹の膝の間に入ってひざまずいた。身体をグッと寄せたかと思うと、勃起したペニスを乳房の谷間に挟みこんだ。

（まさか、これは……）

和樹は股間を見おろして、腹のなかで唸った。

これはパイズリに間違いない。やってもらったことはないが、いつか体験したいと思っていたプレイのひとつだ。まさか課長を相手に実現するとは、考えたことすらなかった。

「強すぎたら言ってね」

真理恵は両手を乳房の外側にあてがうと、中央にギュウッと寄せてペニスをしっかり挟んだ。

「ううっ……」

思わず小さな呻き声が漏れてしまう。

柔肉に包みこまれただけで快感がふくれあがる。腰がブルルッと震えて、新たな我慢汁が尿道口に滲んだ。

「はじめるわよ」

真理恵が身体を上下に動かしはじめる。乳房に挟まれたペニスが擦れて、蕩けそうな快感がひろがった。

「くううッ」

とてもではないが黙っていられない。

乳房の柔らかさだけでも気持ちがいいのに、ボディソープの泡が付着していることでヌルヌル滑る。しかも、真理恵の乳房に挟まれているという視覚的な効果も、欲望を煽り立てていた。

「ううウッ、ダ、ダメですっ」

「強すぎる？」

真理恵が身体の動きをすっと緩める。その結果、快感がお預けにされて、和樹の腰がブルブル震えた。

「だ、大丈夫です……も、もっと……」

これ以上、焦らされたら耐えられない。射精欲はどんどんふくらんでおり、一刻も早く放出したくてたまらなかった。

「それじゃあ、つづけるわね」

再び真理恵が身体を上下に揺すりはじめる。

乳房の谷間に挟まれたペニスは、すべて柔肉のなかに埋もれたり、亀頭がひょっこり飛び出したりをくり返す。ヌメヌメと擦られるのが気持ちいい。すぐに射精欲がふくらんで、頭のなかが熱く燃えあがった。

「くううッ、す、すごいですっ」

「ンっ……ンっ……わたしも、ヘンな気分になっちゃう」

真理恵も興奮しているらしく、息づかいが荒くなっている。

あの仕事のできる課長がパイズリをしているのだ。わけがわからないまま、和樹は快楽の渦に巻きこまれた。

「ううぅッ、も、もうっ……もう出ちゃいますっ」

「ああンっ、いいわ、いっぱい出して」

真理恵の言葉が引き金となり、ついに最後の瞬間が訪れる。和樹の腰はガクガクと震えて、ペニスの先端から白濁した精液が勢いよく噴きあがった。

「おおおおッ、す、すごいっ、おおおおおおッ！」

柔らかい乳房に挟まれての射精は、これまで経験したことのない快楽だ。手や膣で擦られるのとはまったく違う。本気でペニスが溶けてしまうかと思うほどの愉悦がひろがった。

「はああンっ……こんなにいっぱい」

噴きあがったザーメンは、乳房だけではなく真理恵の顔にも届いていた。形のいい顎と赤々とした唇にねっとり飛び散った。

「す、すみません……」

和樹は呼吸を乱しながらも慌てて謝罪する。

図らずも顔射となり、真理恵の顔を汚してしまった。白濁液の付着した顔があまりにも淫らで、思わずじっと見つめていた。

「謝らなくてもいいのよ」

真理恵はまったく怒っている様子はない。濃厚な牡のにおいを嗅いで、うっとりした表情を浮かべていた。

4

和樹と真理恵は露天風呂に並んで浸かっている。

パイズリでたっぷり射精したあと、真理恵に誘われて移動した。岩を組み合わせて造られた浴槽は、四、五人が同時に入れるくらいの広さだ。照明器具はなく、内風呂から漏れる光だけが露天風呂を照らしていた。

頭上に視線を向ければ、無数の星が瞬いている。深夜でも明るい東京では、絶対に拝めない見事な光景だ。

（でも、今は……）

星空よりも隣にいる真理恵のほうが気になっている。

横目でチラリと見やれば、湯のなかで大きな双つの乳房が揺れていた。先ほどはあの乳房に挟まれて、思いきり射精したのだ。

（どうして、あんなこと……）

なにを考えているのか、さっぱりわからなかった。

しかし、真理恵も興奮しているのは間違いない。今も湯のなかで内腿を擦り合わせている。昇りつめたのは和樹だけなので、身体が疼いているのではないか。まだ淫らなことが起きそうな予感がしていた。

「川田くん……」

真理恵が静かに口を開く。和樹が隣に顔を向けると、真理恵が潤んだ瞳で見つめていた。

「は、はい……」

期待を抑えこんで返事をする。

しかし、この時点ですでにペニスがムズムズしていた。先ほど射精したばかりなのに、半勃《はんだ》ちの状態になっている。少しでも刺激が加われば、あっという間にそそり勃つのは間違いなかった。

「つづきをしましょうか」

真理恵はそう言って、和樹の正面に移動する。

拒否するつもりはないが、なにをするつもりだろうか。和樹は背後の岩に寄りかかった状態で、真理恵と向かい合った。

「うしろの岩に頭を預けていてね」

「こうですか？」

言われたとおり、後頭部をうしろの岩に乗せる。

すると、真理恵が湯のなかで和樹の両脚を持ちあげた。体全体が水平に浮いた状態になる。股間が湯から出て、半勃ちのペニスが現れた。

(この体勢は……)

先ほどからの流れで、すぐにピンときた。

おそらく、潜望鏡をするつもりだ。この体勢でフェラチオすることを、ソープランドでは潜望鏡と呼ぶことを知っていた。

「半分だけ勃ってるのね。すぐにカチカチにしてあげる」

真理恵は脚の間に入りこんで、和樹の股間に接近する。ペニスに顔を寄せると、いきなり亀頭をぱっくり咥えこんだ。

「ううぅッ、か、課長っ」

予想が的中した。

亀頭に柔らかい唇がかぶさり、さっそく快感が突き抜ける。半勃ちだったペニスはむくむくとふくらみ、わずか数秒で完全に勃起した。

「あふっ……大きいわ」

真理恵はペニスを頬張ったままつぶやくと、舌を伸ばして舐めはじめる。

飴玉《あめだま》をしゃぶるように亀頭をねぶりまわす。カリの裏側や尿道口も丁寧に舐められて、早くも我慢汁が溢れ出した。

(ま、まさか、課長がこんなことまで……)

信じられないことが起きている。

まじめな真理恵が、こんな淫らなことをするとは驚きだ。先ほどからソーププレイの連続だ。いくらなんでもかつてソープ嬢だったとは思えない。旦那を相手にこんなことをしているのだろうか。それとも過去につき合った男に教えこまれたのか。いずれにせよ、なれているので何度かやっているのは確かだ。

「あむっ……はふっ……あふンっ」

真理恵が首をゆっくり振りはじめた。

柔らかい唇で肉竿をしごいて、同時に舌もからみつかせている。唾液をたっぷり塗りつけたフェラチオは、極上の快楽を生み出した。

「ううぅッ、こ、こんなことされたら……」

和樹はたまらず呻き声をあげる。

温泉で全身が温まって血行がよくなっているせいか、心臓の鼓動に合わせてペニスがビクビク弾む。そのたびに我慢汁が噴き出して、快感がどんどん高まっていく。射精欲が蓄積されることで、さらに感じやすくなってしまう。

「はあンっ……川田くんの、すごく大きいのね」

真理恵がペニスを口に入れたまま、くぐもった声でささやいた。

フェラチオしながら和樹の顔を見つめている。視線がからみ合うことで、快感が何倍にもふくれあがった。

潜望鏡とはよく言ったものだ。やっていることはフェラチオだが、この体勢でしゃぶられるとやけに卑猥な感じがする。体が湯に浮いているため、ふわふわした感覚のなかで舐められるのも極上だ。

「こ、これ以上は……うううッ」

ふくれあがる射精欲に流されそうになっている。

懸命に耐えながら震える声で訴えると、真理恵はペニスを口から吐き出した。しかし、細い指を太幹に巻きつけて、ゆったりとしごいている。

「も、もうっ……もうダメですっ」

「そんな声を出して、どうかしたの？」

真理恵はこの状況を楽しんでいるらしい。さんざんペニスをしゃぶって和樹の性感を追いつめたのに、わからないふりをして尋ねる。そして、舌先を伸ばして、裏スジをツーッと舐めあげた。

「くううッ、が、我慢できなくなっちゃいますっ」

またしても快感の波が押し寄せる。張りつめたペニスがヒクついて、尿道口から透明な我慢汁が湧き出した。

「感じてるのね。ああっ、わたしも我慢できなくなってきたわ」

真理恵の声が艶を帯びる。

淫らな愛撫で和樹を翻弄《ほんろう》してきたが、ついに自分自身も欲望を抑えられなくなったようだ。目の下が桜色にねっとり染まっていた。

「川田くんの大きいのがほしい……」

舌先で亀頭の裏側を舐めながらささやく。トロトロと垂れる我慢汁を舌先で受けては嚥下《えんげ》した。

「ねえ、川田くんはどうしたいの？」

「お、俺は……」

もちろん挿《い》れたいが、それを口にするのは躊躇《ちゅうちょ》する。

真理恵は上司である前に人妻だ。もしセックスしてしまったら、この先ずっと気まずい思いをするのではないか。本当は挿れたくてたまらない。だが、欲望を口にする勇気はなかった。

「仕方ないわね」

ため息まじりにつぶやくと、真理恵は露天風呂のなかで立ちあがる。そして、岩のひとつに両手をついて尻を後方に突き出した。

「上司として命令するわ」

背後の和樹を振り返り、濡れた瞳でじっと見つめる。

「うしろから……お願い」

ささやくような声だった。

「め、命令ですか……」

和樹はむっちりした尻から目が離せない。

湯で濡れた双臀が、ヌラヌラと光っている。内風呂から漏れている光を浴びて、薄暗いなかにボーッと浮かびあがって見えた。

「そうよ。これは命令よ」

真理恵が同じ言葉をくり返す。

業務命令で強制するほど、ペニスを欲している。そう思うと和樹の欲望も、さらにひとまわり大きくふくらんだ。

5

「わかりました」

和樹も立ちあがると、真理恵の背後に歩み寄る。業務命令ということにして、胸のうちにある罪悪感や不安に蓋をした。

豊満な尻たぶに両手をあてがう。恐るおそる揉んでみると、大きなマシュマロに触れているような錯覚に囚《とら》われた。

(なんて柔らかいんだ……)

肌はスベスベしていて、指先を沈みこませると適度な弾力がある。いつまでも揉んでいたくなるほど、最高の触り心地だ。

尻の谷間をそっと開いてみる。すると、少しくすんだ色の肛門があり、その下にサーモンピンクの陰唇が見えた。肛門と陰唇の色の対比に心が惹《ひ》きつけられて、気づくと前のめりになっていた。

肛門も陰唇も湯で濡れている。しかし、陰唇は湯だけではなく、さらにヌメヌメした液をまとっていた。それが愛蜜なのは確かめるまでもない。フェラチオしたことで興奮して、どうしようもないほど陰唇を濡らしていたのだ。

「あんまり見ないで……恥ずかしいわ」

真理恵が腰をよじり、尻を左右にプリプリ振った。

部下に尻の穴と性器を観察されるのは、さすがに恥ずかしいらしい。振り返った顔はまっ赤に染まり、抗議するように甘くにらんできた。

「すみません。課長のお尻の穴が魅力的で、つい……」

和樹が告げると、肛門に力が入ってキュウッと締まった。

「いや、ヘンなこと言わないで」

恥じらう真理恵が、上司だけれどかわいく感じる。

早く挿れたくてたまらない。和樹は勃起したペニスの先端を、濡れそぼった陰唇に押し当てた。

「ああっ……」

軽く触れただけでも、真理恵の唇から小さな声が漏れる。

そのまま体重を浴びせるようにして、亀頭を陰唇の狭間に押しつけた。ヌプッという感触があり、ペニスの先端はいとも簡単に膣のなかに沈みこんだ。

「はあああッ、こ、これ……これが欲しかったの」

真理恵の唇から喘ぎ声がほとばしる。

背中が大きく反り返り、中央部分に美しい窪みが刻まれた。和樹は思わず前屈みになり、背すじのラインを舐めあげる。すると、女体に小刻みな震えが走り、膣が思いきりペニスを締めつけた。

「ううッ、す、すごい」

「く、くすぐったいわ……はンンッ」

口ではそう言っているが、同時に快感も覚えている。その証拠に新たな華蜜が分泌されて、結合部分はぐっしょり濡れていた。

「ね、ねえ、もっと……」

真理恵がさらなる挿入をねだる。

まだペニスは先端部分しか入っていない。奥まで突いてほしいのか、自ら尻を突き出した。その結果、ペニスがズブズブと入っていく。内側にたまっていた華蜜が溢れて、結合が一気に深まった。

「おおおッ、呑みこまれていきますよ」

「はああンっ、熱いのが入ってきたわ」

真理恵の色っぽい声が響きわたる。

露天風呂で女上司と立ちバックでつながっているのだ。これほど興奮するシチュエーションがあるだろうか。和樹は両手を女体の前にまわしこんで、たっぷりした乳房を揉みしだいた。

「あンっ……か、川田くん」

「こ、これが課長のおっぱい……」

「恥ずかしいけど……ああンっ、もっとして」

たまらなそうな声を漏らして、真理恵が腰をくねらせる。

敏感に反応してくれるから、ますます愛撫に熱が入っていく。双つの乳房をこってり揉みながら、腰を振ってペニスを抜き挿《さ》しする。うねる女壺のなかを、カリでゴリゴリと擦りあげた。

「ああッ、い、いいっ」

待ちわびた刺激を受けて、真理恵の喘ぎ声が大きくなる。

さらに双つの乳首を指先で摘まんで転がせば、腰が右に左にくねりはじめた。さらなる刺激を求めるように、膣の締まりも強くなった。

「くううッ、か、課長が俺のチ×ポを締めつけてます」

「い、言わないで……あああッ」

真理恵はしきりに照れながらも、和樹のピストンに合わせて腰をよじる。ふたりの動きが一致することで、快感がさらに跳ねあがった。

「ううッ……す、すごいですっ」

「ああッ、い、いいのっ、あああッ」

和樹が唸れば、真理恵が甘い声を振りまく。

自分のペニスで上司を喘がせていると思うと、興奮で頭のなかが熱くなる。和樹は体を起こして、両手で真理恵のくびれた腰をつかんだ。

「もう我慢できません……ぬおおおッ」

本格的な抽送を開始する。気合を入れて腰を振り、欲望のままにペニスを勢いよく出し入れした。

「ああッ、は、激しいっ、はあああッ」

真理恵は両手をついている岩に爪を立てて、力強いピストンを受けとめる。

喘ぎ声のトーンがアップしており、今にも昇りつめそうな雰囲気だ。和樹が股間を打ちつけるたび、豊満な双臀がパンッパンッと小気味よい音を響かせた。

「ううぅッ、き、気持ちいいっ」

もはや黙っていられないほど高まっている。ひと突きするごとに、射精欲があからさまに盛りあがった。

「ああッ、ああッ、も、もうダメぇっ」

先に音《ね》をあげたのは真理恵だ。尻を突き出した格好であられもなく喘いで、女体をガクガクと震わせた。

「イ、イキそうなんですね。くううッ」

ここぞとばかりにピストンを激しくする。足もとの湯が揺れて、ザブザブと大きな音を立てた。

「あああッ、ああああッ」

真理恵はまともな言葉を発することもできず、ただ喘ぐだけになっている。

和樹はペニスを高速で出し入れして、膣のなかをかきまわす。ところが、すぐに昇りつめると思った真理恵が、きわどいところで耐えている。上司のプライドなのか、絶頂寸前で驚異的な粘りを見せた。

「ううッ、お、俺もダメですっ」

ピストンを激しくしたことで、和樹にも絶頂が迫っている。

快感は後戻りできないほど高まり、膣のなかでペニスが震えはじめた。今さらピストンを緩めたところで、この昂《たかぶ》りを抑えることはできない。和樹は勢いのまま腰を振りつづけた。

「おおおッ、おおおおおッ」

「ああッ、い、いいっ、いいわっ、あああッ」

真理恵の喘ぎ声を聞きながら、どんどん高まっていく。ついに絶頂の大波が押し寄せて、下腹部で快感が弾けて全身にひろがった。

「くおおおおッ、き、気持ちいいっ、ぬおおおおおおッ！」

女壺の奥に埋めこんだペニスが跳ねまわり、大量の精液が噴きあがる。

真理恵を追いこんでいるつもりだったが、自分のほうが先に達してしまった。熱い膣壁に包まれて射精するのは、このうえない快楽だ。ペニスが溶けていくような愉悦のなか、ザーメンをたっぷり放出していく。

「はあああッ、あ、熱いっ、あああッ、イクッ、イクイクううッ！」

その直後、真理恵もよがり泣きを振りまいて昇りつめる。

膣奥に精液を浴びた衝撃で、一気に限界を突破したらしい。汗ばんだ背中を反り返らせて、エクスタシーの嵐に呑みこまれた。

ふたりは露天風呂で激しい絶頂に達していた。

上司と部下の関係で、研修合宿中に腰を振り合って快楽を貪ってしまった。今はなにも考えず、この愉悦に浸っていたかった。

第五章　快楽づくしの夜

1

新人研修合宿は四日目の朝を迎えた。

和樹は布団のなかで目を覚ますと、慎重に体を起こす。それでも脚と腰に鈍い痛みが走った。

昨日の登山研修で軽い筋肉痛になっている。

しかも、昼間は日菜乃、夜は真理恵とセックスをしたのだ。あれほど激しく腰を振れば、疲れが残るのは当然のことだった。

（どうして、あんなことになったんだ？）

なにかがおかしい気がする。

女性たちに誘われてばかりだ。それも短期間に連続して起きている。わけがわからないまま、ついつい快楽に流されていた。

昨夜は露天風呂で真理恵と一線を越えてしまった。

絶頂に達したあと、真理恵は我に返ったようにおとなしくなり、そそくさと男湯から出ていった。

和樹が風呂からあがると、すでに真理恵は身なりを整えていた。

「ごめんなさい。どうしても抑えられなくて……」

恥ずかしげにつぶやいた言葉が頭から離れない。

ふだんはまじめな真理恵でも、性欲を抑えられなくなることがあるらしい。なにか釈然としないが、彼女自身もよくわかっていないようだった。

「こんなこと、はじめてなの」

不思議そうにつぶやいて、うつむいていた。

なにが真理恵をあれほど昂らせたのだろうか。部下のペニスを愛撫する姿は、信じられないほど淫らだった。

（とにかく、忘れないと……）

それがお互いのためだ。

同じ職場で毎日顔を合わせる以上、なかったことにするしかない。簡単に忘れられることではないが、あれは一夜の過ちだ。二度とあってはならないことだと、ふたりともよくわかっていた。

(よし、今日もがんばるぞ)

気持ちを入れ替えて顔を洗う。

スーツに身を包めば、自然と心が引き締まる。今日の講義が終われば、明日は東京に帰るだけだ。最後まで仕事を全うしようと気合が入った。

朝食を摂るため食堂に向かう。

すぐに真理恵も現れた。目が合うと、どうしても昨夜のことが頭に浮かぶ。それでも、なにごともなかったふりをして挨拶する。

「おはようございます」

「おはよう……今日もがんばりましょう」

真理恵はいつものように微笑むが、頬がわずかに赤らんでいた。

やがて杏奈と日菜乃も姿を見せる。和樹が座っていることに気づくと、ふたりは同時に頭をさげた。

「どうも、おはようございます」

「お、おはようございます」

杏奈は淡々としており、日菜乃はおどおどと視線をそらす。

反応はそれぞれだが、おそらく考えていることは同じだ。セックスしてしまった和樹と顔を合わせるのが気まずいのだろう。

(俺もそうだよ……)

心のなかでつぶやくと、和樹もふたりに向かって頭をさげた。

「おはよう」

とにかく、なにごともなかったふりをするしかなかった。

2

午前九時、全員が集会室に集まっている。

本日は実務についての講義だ。社内独自のパソコンソフトの使いかたなど、社員には必須のスキルを身につけてもらう。

総務部や人事部はもちろんだが、販売店に配属されてもパソコンに触れる機会は多くある。必ず使えなければならないので、教えるほうも真剣だ。実物のパソコンを使いながら、和樹と真理恵が交代で講義を行った。

新入社員たちにもパソコンを操作してもらって、使いかたを覚えてもらう。とはいっても、いきなり完璧に使いこなすのはむずかしい。基本的なことだけ抑えて、あとは配属された先で学んでもらうことになっていた。

昼に一時間の休憩を取り、午後の講義は一時からはじまった。

社内での各種の書類の作成方法や販売店の売上の管理など、事務仕事全般についての講義だ。各部署に配属されたら、すぐ必要になる知識だ。午前に引きつづき、じつに内容の濃い講義となった。

午後五時にすべての講義が終了した。

(なんとか終わった)

和樹はほっと胸を撫でおろす。

今回、新人研修合宿の担当者になり、多大なるプレッシャーを感じて押しつぶされそうになっていた。

東京本社に帰り着くまでは、本当の意味での終了ではないが、とりあえず講義が無事に終わって安堵した。

「お疲れさまでした。晩ご飯までゆっくり休んでください」

集会室の入口に立ち、部屋に戻っていく新入社員たちに声をかける。

このあとは午後六時から晩ご飯で、各自風呂に入って就寝する。明日は帰京するだけの予定なので、だいぶ気が楽だった。

「川田くん、よくがんばったわね」

真理恵があらたまった様子で声をかけてくれる。

昨夜のことを思い出すと照れくさいが、労いの言葉は素直にうれしい。和樹は姿勢を正すと、深々と頭をさげた。

「課長のおかげです。俺ひとりでは無理でした。本当にありがとうございます」

心からの言葉だった。

礼を述べると胸にこみあげるものがあり、思わず涙ぐみそうになる。入社三年目で新人研修合宿を任されるのは、正直なところ荷が重すぎた。

「川田くんなら、きっとやってくれると思ったわ」

真理恵がやさしげな微笑を浮かべている。信じてくれていたのがわかり、胸がますます熱くなった。

「あ、ありがとうございます……」

思わず声が震えてしまう。今日までがんばってきた甲斐があった。よい上司に恵まれて本当によかった。

「まだ終わったわけではないわよ。みんなをきちんと連れて帰らないとね」

「はいっ、最後までがんばります」

真理恵の言葉に元気よく返事をする。

確かに安堵するのはまだ早い。最後の最後に失敗しないように、気持ちを引き締めなければならなかった。

いったん、部屋に戻って休憩する。

疲れが出たのか、少しだけのつもりで横になると、ぐっすり眠ってしまった。念のため五分前にスマホのアラームをセットしていたのでよかったが、危うく寝過ごすところだった。

午後六時、晩ご飯を摂るため食堂に向かった。

新入社員たちもすべての講義が終わってほっとしたらしい。いつもよりも笑顔が多く、おしゃべりも弾んでいた。

「みんな、楽しそうね」

真理恵が新入社員たちを眩《まぶ》しそうに見つめてつぶやく。なにやら感慨深げな表情を浮かべていた。

「若いっていいわね。キラキラして、うらやましいわ」

意外な言葉だった。

仕事ができて信頼されていて、さらには美貌も備わっている。真理恵は完璧な女性だが、それでも若さをうらやむらしい。

「課長だって、キラキラしてるじゃないですか」

思わず口走ると、真理恵は一瞬きょとんとした顔になった。

「川田くんも言うようになったわね」

「えっ、あっ、ち、違うんです……」

「違うって、なにを考えていたの？」

真理恵が目を見つめて追及する。内心を探るような顔になっており、和樹はますます焦ってしまう。

「い、いや、誤解です……だ、だって、その……」

慌てるあまり、しどろもどろになってしまう。

他意はない。ただ純粋に元気づけたいと思ったすえに出た言葉だ。それに実際、真理恵はキラキラしている。決して誘いをかけたわけではないが、誤解されたような気がしてならない。

（もう、黙っていたほうがいいな……）

和樹は赤面しているのを自覚しながら口をつぐんだ。

こうなってしまうと悪循環だ。なにかを言えば言うほど、別の意味に取られそうな気がした。

「ふふっ、冗談よ。ちょっとからかってみただけ」

真理恵がいつものやさしげな笑みを浮かべる。

慌てている和樹を見て、いたずら心が疼いたらしい。なにしろ一度だけとはいえ身体の関係を持っているので、下心があると思われてもおかしくない。すっかり騙されて、必死に言いわけを考えていた。

「やられました……」

「ごめんなさい。川田くんって、おもしろいわね」

真理恵は楽しげに微笑んでいる。

和樹もつられて笑顔になった。

こんな時間も楽しいと思えるのは、やはり新人研修合宿が無事に終わろうとしているからだろう。

食事を終えると、いったん部屋に戻った。

横になると眠ってしまいそうなので、すぐ風呂に向かう。男は自分ひとりだけなので、ゆっくりできるのはありがたい。浴槽に長く浸かってから部屋に戻る。布団を敷いて横になると、すぐに睡魔が襲ってきた。

3

なにか物音が聞こえた気がして、ふと目が覚めた。

明かりは豆球だけにしてある。オレンジがかった光が、部屋のなかをぼんやり照らしていた。枕もとを探ってスマホを手に取る。時刻を確認すると、深夜一時をまわったところだった。

（まだ、だいぶ眠れるな……）

スマホを置いて再び目を閉じる。

すぐに意識が闇へと吸いこまれていく。思考がぼやけて眠りに落ちそうになったとき、微かな衣擦れの音が聞こえた。

なにかが股間に触れている。スウェットパンツごしに、手のひらで撫でられているような感触があった。

「んんっ……」

目を擦って首を持ちあげる。

なにごとかと思って、布団をめくりながら自分の股間に視線を向けた。すると、そこには思いがけない光景がひろがっていた。

「く、工藤さん？」

驚いたことに、杏奈が脚の間に入りこんでうずくまっている。

水色のスウェットの上下に身を包んでおり、正座をして前屈みになっていた。両手を和樹の股間に置いて、大切な物でも扱うようにそっと包んでいる。和樹に見つかったというのに、動じることなく手を動かしつづけていた。

「な、なにやってるの？」

「見てわかりませんか」

杏奈の声は淡々としている。

人の部屋に侵入していたずらをしているのに、まったく悪びれた様子がない。それどころか挑発するような視線を向けていた。

「こういうことされるの、好きなんですよね」

スウェットパンツのウエスト部分に指をかけると、無理やり引きさげてしまう。そして、ボクサーブリーフの上から股間を撫ではじめた。

「い、いい加減に――ううッ」

布地ごしにキュウッと肉胴をつかまれる。とたんに強烈な刺激が突き抜けて、呻き声が溢れ出した。

「ほら、なんだかんだ言っても、こんなに硬くなってるじゃない」

そう指摘されるまで、勃起していることに気づかなかった。

豆球に照らされた股間をよく見ると、グレーのボクサーブリーフが大きなテントを張っている。しかも、ふくらみの頂点部分に黒っぽいシミがひろがっていた。我慢汁が溢れているのは間違いない。

（いったい、いつから……）

なにが起きているのかわからずゾッとする。

ずいぶん前から刺激を受けていたのではないか。そうでなければ、大きなシミができるほど我慢汁は出ないだろう。

「工藤さん……いつから、いたの？」

「まだそんなに経ってないです。たぶん十五分くらいですね」

「じゅ、十五分も……」

そんなに長い間、愛撫されていたというのか。

これまでの疲れもあったため、ぐっすり眠っていた。新人研修合宿が終わりに近づき、安堵していたことも睡眠の深さに影響しているかもしれない。結局、気が抜けていたということだ。

「も、もうやめるんだ」

このままだと我慢できなくなるのは目に見えている。

あと少しで新人研修合宿は終わるのだ。最後の最後に問題を起こしたくない。理性を振り絞って告げるが、杏奈はやめることなくボクサーブリーフのウエストゴムに指をかけた。

「今さらきれいごとを言わないでください。もうセックスしてるんだから、何回やっても同じですよ」

一気に引きおろされて、ついに勃起したペニスが剝き出しになる。豆球の明かりが雄々しく屹立した肉柱を照らしていた。

「ああっ、すごいです」

杏奈が息を呑んでつぶやく。

先ほどまでの冷静さを失って、ペニスをうっとり見つめる。いや、懸命に抑えていただけで、ずっと興奮していたのかもしれない。

「男の人のにおい……はああンっ、濡れてきちゃう」

杏奈が独りごとをつぶやき、亀頭のにおいを嗅いでいる。

興奮を抑えられなくなったらしい。瞳は潤んでおり、薄暗いなかで妖しげな光を放っている。かなり欲情しているのは間違いなかった。

(あのときと同じだ……)

合宿の初日に、森のなかの東屋で交わったときのことを思い出す。

杏奈は夢中になって自慰に耽るほど、欲望を持てあましていた。あの夜のように今も興奮しているようだ。

(そういうことなら、最後に一回くらい……)

ふと邪《よこしま》な気持ちが湧きあがる。

杏奈が求めているのなら、瑞々しい身体を味わってもいいのではないか。互いに独身だし、べつに悪いことではないだろう。

(きっと、これは神さまがくれたご褒美だ)

今日まで新人研修合宿のために全力をつくしてきた。

これくらいの褒美があってもよいのではないか。和樹は自分勝手に解釈すると、仰向けの状態から上半身をゆっくり起こした。

「工藤さん、いいんだね」

興奮を抑えて語りかける。

そのとき、視界の右隅でなにかが動いた。はっとして視線を向けると、壁ぎわに誰かが座っていた。

「だ、誰だっ」

慌てて立ちあがると、入口の横の壁にある照明のスイッチをオンにする。

とたんに部屋のなかが明るくなり、壁ぎわに座っていた人物を照らし出す。薄ピンクのパジャマを着た日菜乃が、ポツンと体育座りしていた。

「な、なんで、中山さんまで……」

和樹は目を見開いて立ちつくす。

とりあえず、ボクサーブリーフとスウェットパンツを引きあげて、勃起したペニスを隠した。

なにが起きているのか、さっぱりわからない。寝ている間に、新入社員の女子がふたりも部屋に侵入していたのだ。

和樹は布団の上の杏奈と壁ぎわの日菜乃を交互に見やる。どうして、このふたりがいるのだろうか。どちらともセックスをしている。そのことが関係ある気がして、急激に不安がこみあげた。

4

「全然、気づいてもらえないから……」

日菜乃が不満げにつぶやく。

どうやら、だいぶ前からそこにいたらしい。もしかしたら、杏奈といっしょに来たのだろうか。

「だから、いっしょにやろうって言ったじゃない」

杏奈が日菜乃に声をかける。

「だって、恥ずかしいよ。杏奈ちゃんといっしょなんて……」

日菜乃は涙目になって頬をふくらませた。

「そんなこと言うなら拗《す》ねないでよ」

杏奈が再び言い返す。

すると、日菜乃は黙りこんで、体育座りをしたまま膝の間に顔を埋めた。肩を小刻みに震わせているので泣き出したのかもしれない。

（なんだ、これは……どうなってるんだ）

よくわからないが、面倒なことになってきた。

まったく状況がつかめない。深夜だというのになにが起きているのだろうか。和樹は困りはてて、助けを求めるように杏奈を見つめた。

「川田さん、日菜乃のことも慰めたそうですね」

杏奈の言葉にドキリとする。

慰めるとは柔らかい言いかただが、セックスのことを指しているのだろう。どうやら、同室のふたりはそんなことまで話すほど仲よくなっていたらしい。

「日菜乃を責めないでくださいよ。わたしが無理やり聞き出したんですから」

杏奈は日菜乃のことを庇《かば》うと、静かに語りはじめた。

「あの夜……川田さんと別れて部屋に戻ったら、日菜乃が起きていたんです」

東屋で会った夜のことだ。

日菜乃は同室の杏奈がいないことに気づいて、心配で起きていたらしい。杏奈が戻ると、どこにいたのか何度も聞かれたという。

「本当のことなんて、言えるはずないじゃないですか。だから、眠れないから散歩をしていたってごまかしました」

「そんなわけないじゃないですか」

それまで黙りこんでいた日菜乃が口を挟んだ。

「わたしだって子供じゃありません。杏奈ちゃんが隠しごとをしてるって、すぐにわかりました」

日菜乃は杏奈の様子を観察して、和樹との間になにかあったのではないかと勘ぐっていたという。

「初日の講義と二日目の講義で、杏奈ちゃんの態度が違ったから、あれって思ったんです」

なかなか鋭い指摘だ。

確かに初日の杏奈は質問攻めにしてきたが、二日目は黙っていた。ただそれだけのことだが、日菜乃はなにかを感じ取ったらしい。女の勘というやつだろうか。とにかく、日菜乃はその時点でほぼ確信したという。

「日菜乃があんまりしつこく聞くから……」

杏奈がめずらしく言いよどむ。いったん言葉を切ると、再び静かに口を開いた。

「だから、川田さんとのこと、話しちゃいました」

それが登山研修の前日の夜のことだという。

「ということは、中山さんが登山研修で誘ってきたのは……」

「あっ、疲れて歩けなくなったのは本当です」

日菜乃が慌てて発言する。

体力が限界に達してフラフラになったのは演技ではない。本当に倒れそうになっていたらしい。

「でも、不思議なんです。下山の途中で、よくわからないけど元気になってきて……それであんなことに……」

「覚えてるよ。帰りはなぜか体力が回復していたよね」

和樹もいっしょに歩いていて、不思議に思っていた。

そもそもフラフラのままだったら、セックスなどできるはずがない。しかし、どうして元気になったのかは謎だった。

「それで、あの日のことを工藤さんに話したんだね」

「はい……だって、下山したら杏奈ちゃんが怒ってたから……」

日菜乃が申しわけなさそうにつぶやく。それを聞いた杏奈が即座に反応して身を乗り出した。

「怒ってないでしょ。ただ日菜乃が心配だっただけよ」

「でも、機嫌が悪かったよね」

「だから、そんなのじゃないって」

杏奈がむきになっている。

それを見て、杏奈と日菜乃が別々に下山することになった場面を思い出した。杏奈はチームなのだから最後までいっしょに行動するべきだと主張した。しかし、真理恵に説得されて渋々従った。

（もしかして、焼き餅……いや、違うな）

すぐに自分の頭に浮かんだ考えを否定する。

単なる嫉妬とかそういう問題ではない。残念ながら、ふたりは自分に恋愛感情を持っていない。セックスをしただけで、そのあとはまったくアピールがないのがその証拠だ。

では、下山したとき、どうして杏奈は機嫌が悪かったのだろうか。

日菜乃と和樹がセックスしたのがおもしろくなかったのかもしれない。でも、杏奈は和樹に対して恋愛感情がないので嫉妬する理由はない。

（それじゃあ、どうして……）

いったい、どういうことだろうか。

和樹が首をかしげるのを、杏奈と日菜乃がじっと見つめている。つい先ほどまで言い合いをしていたのに、なぜかふたりはニヤニヤと笑っていた。

「わかりませんか」

杏奈が挑発的な目を向ける。

「わかってくださいよ」

日菜乃が不満げにつぶやきながらも、ふふっと笑った。

「ごめん……全然わからないよ」

困惑して謝罪する。

ふたりの言わんとすることが、まったくわからない。すると、杏奈と日菜乃が足もとに這い寄ってきた。

「それじゃあ、日菜乃……」

「うん、杏奈ちゃんの言うとおりにする」

ふたりはなにやら目配せをする。

そして、同時に和樹のスウェットパンツに手をかけた。ふたりの手がウエスト部分にかかったかと思うと、ボクサーブリーフもいっしょに引きさげた。

5

「ちょ、ちょっと……」

慌てて声をかけるが、あっという間にペニスが露出してしまう。話しているうちにすっかり萎えて、情けなく頭を垂れていた。

スウェットパンツとボクサーブリーフが脚から抜き取られる。下半身は完全に剝き出しの状態だ。猛烈な羞恥がこみあげるが、頭の片隅ではなにが起きるのかと期待もしていた。

「あ、あのさ……結局、どういうことなの？」

遠慮がちに問いかける。

ふたりに求められているのはわかるが、今ひとつ納得していなかった。恋愛感情はないのに、いったいどういうことだろうか。

「わたしたちが欲しいのはこれです」

杏奈が指先でペニスにちょんと触れる。

「そうですよ。この子が大好きなんです」

日菜乃も指を伸ばして亀頭を撫でた。

「つまり、キミたちの目的は……」

ようやくわかってきた気がする。

ふたりが求めていたのはペニスだけだ。ただセックスがしたくて、身近にいた和樹を誘っていたのだろう。

「取り合いをするくらいなら、いっしょにやろうって誘ったんです。でも、日菜乃は恥ずかしいからいやだって」

「だって、恥ずかしいよ。杏奈ちゃんに見られながらするなんて……」

杏奈と日菜乃はそんなことを言いながら、それぞれ服を脱ぎはじめる。

まずは杏奈が裸体を晒した。

小ぶりだけど張りのある乳房と薄ピンクの乳首が瑞々しい。陰毛はもともとうっすらとしか生えていない。そのため恥丘の白い地肌だけではなく、縦に走る溝まで透けていた。

つづいて日菜乃も裸になった。

愛らしい顔をしているが、乳房は張りつめており杏奈よりも大きい。先端で揺れている乳首は鮮やかなピンクだ。陰毛は濃いめで形はとくに整えておらず、自然な感じで茂っていた。

タイプは異なるが、それぞれ魅力的だ。杏奈と日菜乃は視線を重ねると、頬をぽっと赤らめた。

「なんか、恥ずかしいね」

「うん……わたしも」

ふたりはもじもじしながら言葉を交わす。

そんな姿を目にして、和樹の気分はどんどん盛りあがる。女性ふたりを同時に相手にするのなど、もちろんはじめてだ。どんなことが起きるのだろうか。期待に胸をふくらませて、スウェットの上着を脱ぎ捨てた。

三人とも裸になり、淫靡な空気が漂いはじめる。

仁王立ちした和樹の目の前で、杏奈と日菜乃がひざまずく。そして、股間に顔を寄せると、垂れさがっているペニスに舌を這わせはじめた。

「ううっ……」

思わず小さな呻き声が漏れてしまう。

右側から杏奈が、左側からは日菜乃が、それぞれ舌を伸ばしている。亀頭を両側から舐められて、甘い刺激がひろがった。

ペニスはすぐに反応する。ピクッと蠢《うごめ》いたかと思うと、むくむくと頭をもたげてそそり勃《た》つ。亀頭は瞬く間に水風船のように膨張して、竿の部分も青スジを浮かべて太くみなぎった。

「はンンっ、もうこんなに……」

「すごい……立派です」

ふたりは両サイドから舌を這わせつづけている。勃起したことで、ますます熱が入ったようだ。敏感なカリを二本の舌でくすぐられると、思わず膝がカタカタと震えた。

「くううッ」

視覚的な興奮が強烈で、ペニスがこれでもかと硬くなる。早くも先端からは透明な汁が溢れていた。

(こんなことが……すごいぞ)

和樹は興奮と快楽にまみれていた。

己の股間を見おろせば、ふたりの女性がペニスを舐めている。ＡＶでしか見たことのない光景が現実になっているのだ。まさか自分がこんな体験をする日が来るとは思いもしなかった。

「やっぱり大きい……はああンっ」

杏奈の舌が裏スジを舐めあげる。

触れるか触れないかのフェザータッチで、根もとから先端に向かってじわじわ這っていく。それを何度もくり返して、焦れるような快感が生じていた。

「ううッ……その裏のところ、すごくいいよ」

和樹はたまらなくなって呻き声を漏らす。すると、今度は日菜乃が亀頭の先端に舌を這わせはじめた。

「はンンっ、先っぽ、もう濡れてますよ」

我慢汁を舐め取り、尿道口を舐めまわす。亀頭にチュッ、チュッとついばむようなキスをして、丁寧な愛撫で快感を送りこんできた。

「せ、先端もいいね……うううッ」

敏感なところを舐められると、体が小刻みに震えてしまう。

我慢汁がとまらなくなり、竿を伝って流れはじめた。すると裏スジを舐めていた杏奈が、唇を押し当ててすすりあげる。

「はむううッ、おいしい……」

まったくいやがることなく、むしろうれしそうな顔で我慢汁をすすり飲んだ。

「杏奈ちゃん、ずるいよ」

日菜乃は先端に吸いつくと、尿道口から直《じか》に我慢汁を吸いあげる。そして、躊躇することなく、喉を鳴らして嚥下した。

「おおおッ、す、すごいね。喧嘩をしないでくれよ」

和樹は呻きながら声をかける。

ふたりは競うようにペニスをしゃぶっているのだ。気持ちよくしてくれるのはいいが、どうせなら息を合わせて愛撫してほしい。そう思って両手を伸ばすと、ふたりの頭をそっと撫でた。

「ああンっ……なんか興奮してきたわ」

「はンっ、わたしも……」

杏奈と日菜乃もペニスを舐めたことで昂っているらしい。いつしか呼吸を乱しながら、熱心に舌を使いつづけていた。

我慢汁が溢れたら、どちらかがすかさず舐め取ってくれる。裏スジやカリ、それに尿道口など、敏感な箇所を集中して刺激するのだ。ペニスはパンパンに張りつめて、これでもかとそそり勃った。

「も、もっと、お願いしてもいいかな」

強い刺激がほしくてリクエストする。

すると、杏奈が亀頭をぱっくりと咥えこんで、舌を這わせはじめる。日菜乃は脚の間に潜りこむようにして、陰嚢《いんのう》にむしゃぶりついた。舌で舐めまわして皺袋を口に含む。そして、睾丸を口のなかでクチュクチュと転がした。

「おおおッ、す、すごいっ」

たまらず呻いて腰をよじる。

そんな和樹の反応が、彼女たちを興奮させたらしい。愛撫に熱が入り、舌使いが激しさを増した。

杏奈は亀頭を口に含んで、日菜乃は陰嚢を口内に収めている。それぞれ舌を這わせて、蕩けるような快楽を送りこんでいた。

「こ、これは……うむッ」

二ヵ所を同時に愛撫されると、快感は二倍どころか三倍四倍に跳ねあがる。射精欲が急激にふくらみ、慌てて全身の筋肉に力をこめた。

「川田さん……我慢してるんですか？」

「はむっ、いっぱい出してくださいね」

杏奈と日菜乃が愛撫しながら声をかける。

ふたりがかりで執拗にペニスをしゃぶられて、腰が小刻みに震えはじめた。頭のなかが熱くなり、昇りつめることしか考えられなくなる。これほどの快楽を与えられて耐えられるはずがない。

「くううぅッ、ちょ、ちょっと待って」

切羽つまった声で訴える。

ところが、杏奈と日菜乃はいっこうに愛撫の手を緩めない。それどころか亀頭と睾丸を同時にチュウチュウと吸いはじめた。

「うむうぅッ、お汁がどんどん出てきます」

「はンンッ、玉がパンパンに張ってます」

杏奈と日菜乃がしゃぶりながら報告する。

その声がますます和樹の性感を追いつめた。全身がガクガク震えて、ついに快楽の嵐に巻きこまれる。一気に噴きあげられたかと思うと、ペニスが思いきり脈動してザーメンが尿道を駆け抜けた。

「くおおおッ、で、出るよっ、出る出るっ、おおおおおおおおッ！」

和樹が雄叫びをあげた瞬間、ふたりは亀頭と陰嚢を吐き出して、ペニスの前で顔を並べる。そこに尿道口から勢いよく飛び出したザーメンが、白い放物線を描きながら降り注いだ。

　はじめての顔面シャワーだ。

　女性を穢《けが》す行為など好きではないが、実際にやってみると興奮した。粘り気のある精液がビュクッ、ビュクッと噴き出して、ふたりの整った顔を汚していくのを見つめつづけた。

「あぁンっ、すごく濃いです」

「それに、こんなにたくさん……」

　杏奈と日菜乃は呆けたようにつぶやいて胸を喘がせる。精液を浴びたことで興奮したのか、和樹の顔をねっとり見つめた。

「どうして、こんなことまで……」

　興奮したのは事実だ。

　しかし、彼女たちが顔面シャワーまでさせてくれる理由がわからない。こんなことをされても、女性はうれしくないと思う。それなのに、ふたりはタイミングを合わせて、精液を顔面で受けとめてくれた。

「男の人は、こういうのが好きですよね」

「悦《よろこ》んでもらえると、わたしたちもうれしいです」

どうやら、ふたりは事前に打ち合わせをしていたらしい。

男を悦ばせることが、自分たちの快感につながるというのだろうか。不思議に思っていると、杏奈が太幹に指を巻きつけた。

「ううっ、い、今は敏感だから……」

達した直後なのに触られて、感電したような震えが腰に走った。

「ほら、まだ硬いままじゃないですか。でも、射精したから長持ちしますよね」

杏奈はそう言うと、唇の端を妖しげに吊りあげる。日菜乃も期待に満ちた笑みを浮かべていた。

6

「川田さん、お願いします」

布団の上で這いつくばった杏奈が懇願する。

自ら獣のポーズを取り、尻を高くあげて左右に振りはじめた。気の強い杏奈が、こんなことまでするとは驚きだ。

「わたしも、欲しいです」

日菜乃も隣で四つん這いになっている。

やはり尻を後方に突き出して、プリプリと振ってアピールする。気弱な日菜乃が健気《けなげ》に映った。

「ふたりとも、そんなに……」

和樹は飢えたふたりの女性を前にして、とまどいを隠せずにいた。

同時に彼女たちの欲望を強く感じている。ペニスが欲しくて欲しくてたまらず、懸命に媚《こび》を売っているのだ。

杏奈はプリッとした小ぶりのヒップを突きあげている。日菜乃はむちっとして肉づきのいい尻をしていた。

（どっちから挿《い》れてやろうかな……）

もう挿入することしか考えていない。

ここまでされて自分から断るという選択肢はなかった。和樹は杏奈の背後で膝立ちの姿勢を取ると、ミルキーピンクの陰唇に亀頭を押し当てた。

「それじゃあ、工藤さんからいくよ」

「はンっ……は、早く」

女体がブルッと期待に震える。

すでに濡れそぼって準備は整っていた。亀頭をゆっくり押しつけると、陰唇を巻きこみながら吸いこまれるように入っていく。膣口がすぐに締まり、カリ首をしっかり咥えこんだ。

「くおおッ、すごいね」

快感がひろがるが、杏奈の目論見《もくろみ》どおり射精しているので耐えられる。そのままジワジワと押し進めた。

「あンンッ、こ、これ……好きです」

杏奈が顎を跳ねあげて、背中を反り返らせる。

膣のなかが猛烈にうねり、亀頭の表面を這いまわった。さらにペニスを押しこんでいくとカリが膣壁をゴリゴリ擦る。とたんに膣道全体が波打ち、奥から愛蜜が大量に溢れてきた。

「はううッ、こ、擦られると……」

待ちわびていたのか敏感に反応する。

細い腰をつかんでピストンを開始すれば、女体が激しくくねり出す。膣の締まりも強くて、和樹も快感に顔を歪めた。

「うううッ……」

このまま本格的に腰を振りたい衝動に駆られるが、隣で日菜乃が恨めしそうに見つめている。放っておくわけにはいかなかった。

「ああンっ、どうして……」

いったんペニスを引き抜くと、杏奈は不満げな声を漏らす。だが、和樹は隣で待ち侘びている日菜乃の背後に移動した。

「お待たせして悪かったね」

鮮烈なピンクの陰唇に、亀頭をぴったり押しつける。そのまま体重を浴びせるようにして挿入を開始した。

「はああッ、は、入ってきますっ」

日菜乃の唇から歓喜の声がほとばしる。

待ちに待ったペニスを挿入されて、膣のなかが激しくうねった。杏奈よりも膣道が狭いため、締まりはかなり強烈だ。その反面、経験が浅いせいか媚肉が硬く、杏奈ほどの柔軟性はなかった。

杏奈には杏奈の、日菜乃には日菜乃のよさがある。いずれにせよ、どちらも極上の女壺であることに変わりはない。

和樹はくびれた腰をつかんで、ペニスをゆったり出し入れする。とたんに膣道がうねり、強い快感が押し寄せた。

「くおおおッ」

「ああッ、い、いいですっ」

日菜乃が甘い声をあげて腰をよじる。このままつづければ、あっという間に昇りつめそうだ。

「ねえ……」

そのとき、杏奈の不満げな声が聞こえた。

再度の挿入を欲して、尻を高く掲げたまま待機している。もう我慢できなくなったのか、腰をそらしたポーズが卑猥だった。

「いったん抜くよ」

声をかけて結合を解くと、再び杏奈のうしろに移動する。

膣口からは大量の華蜜が溢れており、内腿までぐっしょり濡らしていた。先ほどの挿入で、欲望が抑えられなくなっているのだろう。陰唇はまるで意思を持った生き物のように蠢いていた。

「こんなに濡らして、そんなに欲しかったんだ」

亀頭をあてがうなり、一気に根もとまでたたきこんだ。

「はあああッ、い、いいっ」

杏奈の唇から甲高い喘ぎ声がほとばしる。

両手でシーツを握りしめて、強い快感に耐えているらしい。突き出した尻たぶがブルブルと震えており、今にも昇りつめそうな雰囲気だ。

「も、もっと……く、ください」

杏奈がかすれた声で訴える。

それなら遠慮することはない。和樹は背中に覆いかぶさると、両手で乳房を揉みながら腰を振りはじめた。

「くううウッ」

「ああッ……ああッ……す、すごいっ」

杏奈はあっという間に快楽の波に呑みこまれていく。待たされている時間が感度をあげるのか、ペニスを出し入れするたびに女体に震えがひろがった。

「はあああッ、も、もうっ、あああああッ」

「イキそうなんだね。イッていいよ」

和樹は声をかけながら抽送速度をアップする。ペニスを高速で出し入れすれば、膣のなかが激しくうねった。

「はあああッ、い、いいっ、イクッ、イクッ、ああああああああッ！」

ついに杏奈がよがり泣きを振りまいて昇りつめる。背中を仰け反らせて、全身をガクガク震わせた。

「くううッ、こ、これは……」

ペニスを猛烈に締めつけられる。奥歯を食いしばり、急激にふくれあがった射精欲をなんとかやり過ごした。

腰を引いて結合を解くと、杏奈は力つきたように倒れこむ。そのまま無言で目を閉じた。

「か、川田さん……わたし、もう……」

日菜乃は半泣きの状態になっている。

放置されている間に、性欲がどうにもならないほど高まったらしい。身体をしきりにくねらせて、挿入されることを望んでいた。

「すぐに挿れてあげるよ」

背後に移動すると、すぐに亀頭を膣口に押し当てる。大量の華蜜が溢れており、触れただけで湿った音が響きわたった。

「あああっ、く、ください、硬いのを挿れてください」

日菜乃が涙目で振り返って懇願する。

和樹は焦らすことなく亀頭を沈みこませて、さらに太幹を根もとまでズブズブと挿入した。

「はあぁッ、こ、これ、すごいですっ」

「ううッ、俺も気持ちいいよ」

ここまで耐えてきたが、さすがに余裕がなくなっている。

なにしろ、ふたりを相手にセックスしているのだ。射精欲がふくらんでおり、もう我慢できない。くびれた腰をつかむと、本格的なピストンを開始する。男根をグイグイと出し入れして、亀頭を膣の深い場所にたたきこんだ。

「あぁッ……あぁッ……は、激しいですっ」

日菜乃も敏感に反応する。あられもない喘ぎ声を振りまき、突き出した尻を右に左にくねらせた。

「おおおッ、も、もうっ、おおおおッ」

欲望のままに腰を振る。カリで膣壁を擦りあげれば、さらに快感が高まった。

「あああぁッ、わ、わたしもイキそうですっ」

日菜乃の喘ぎ声が淫らな雰囲気を盛りあげる。

もうなにも考えられない。全力で腰を振り、一心不乱にペニスを出し入れする。快感で視界がまっ赤に染まっていく。わけがわからなくなり、とにかくペニスをずっぷりと埋めこんだ。

「はあああッ、い、いいっ、イクッ、イクイクッ、あああああああッ!」

日菜乃がアクメのよがり泣きを響かせる。涙を流しながら腰をよじり、ようやく与えられた絶頂に溺れていく。四つん這いの女体が激しく震えて、ペニスを思いきり締めつけた。

「くうううッ、す、すごいっ、おおおッ、おおおおおおおおッ!」

和樹も唸り声をあげて絶頂する。膣の奥深くで精液を噴きあげて、痺れるような快楽に我を失う。大量のザーメンをドクドクと放出するのが気持ちいい。全身を痙攣させながら、最後の一滴まで注ぎこんだ。

ふたりは深くつながったまま、しばらく絶頂の余韻を味わった。

やがて日菜乃がシーツの上に倒れこむ。ペニスがヌルリッと抜けて、和樹もついに力つきた。

杏奈と日菜乃の間に倒れて目を閉じる。精も根も尽き果てて、もはや指一本動かすことができなかった。

7

「あふっ……むふンっ」

遠くで女性の声が聞こえる。

やけに色っぽい声だ。夢を見ているのだろうか。ところが、股間に甘い痺れがひろがっている。

ジュプッ、ジュプッ――。

なにやら下品で卑猥な音が響いていた。

これは夢ではない。そう思った直後、ペニスが熱いものに包まれていることに気がついた。

（ま、まさか……）

この感触はフェラチオだ。

眠っている間に、杏奈か日菜乃がはじめたのだろう。先ほど激しく突いたのに、まだ足りなかったらしい。

「俺は、もう無理だよ」

つぶやきながら目を開く。

部屋の明かりはついたままだ。和樹は裸で仰向けになっていた。服を着ることなく気絶するように眠ってしまったらしい。

股間に視線を向けると、やはりフェラチオされている最中だった。和樹の脚の間で女性が這いつくばり、顔を伏せてペニスを根もとまで口に含んでいる。しかし、髪が長い。明らかに杏奈でも日菜乃でもなかった。

(これって、もしかして……)

疑問が脳裏に浮かんだ直後、女性がペニスを咥えたまま和樹の顔を見あげた。

「か、課長っ」

驚いたことにフェラチオしているのは真理恵だった。

どういうわけかペニスを口に含んで、舌をネロネロと這わせている。しかも、生まれたままの姿で四つん這いになっているのだ。尻を高く持ちあげているため、正面からでも臀部のまるみをはっきり確認できた。

「な、なにやってるんですか」

「見ればわかるでしょう。おしゃぶりしてるのよ」

真理恵はいったんペニスを吐き出すと、悪びれた様子もなく告げる。そして、妖しげな笑みを浮かべて、裏スジをツツーッと舐めあげた。

「くううッ」

鮮烈な快感が走り、思わず呻き声が漏れてしまう。

唾液で濡れ光るペニスの先端からは、我慢汁が大量に溢れている。いったい、いつからしゃぶられていたのだろうか。

（あれ、そういえば……）

部屋のなかを見まわして眉根を寄せる。

杏奈と日菜乃の姿がない。バックから突きまくったあと、ふたりも力つきて倒れこんでいた。あのまま眠っていたのだと思いこんでいたが、どこにいってしまったのだろうか。

「工藤さんと中山さんなら、部屋に帰したわよ」

真理恵が指で肉胴をゆったりしごきながらつぶやいた。

「も、もしかして……」

いやな予感がこみあげる。

三人で裸で寝ているところを見られたのではないか。そうだとしたら最悪だ。新人研修の担当者なのに、新入社員ふたりに手を出したのだ。そのことを上司に知られた以上、ただではすまないだろう。

(クビになるんじゃ……)

なにしろコンプライアンスが重視される時代だ。

万が一、この事件があとになって発覚したら大問題に発展してしまう。会社としてはうやむやにせず、早期にしっかり対処しておく必要がある。解雇されることも覚悟しておかなければならない。

「す、すみません……」

謝って許してもらえる問題ではないのはわかっている。

だが、真理恵を落胆させたと思うと心苦しい。たくさん労いの言葉をかけてもらっただけに申しわけない気持ちになっている。とりあえず、謝罪しなければ気がすまなかった。

「気にしなくていいのよ」

真理恵は穏やかな声でつぶやいた。

指先では相変わらず肉胴をもてあそんでいる。ゆったりしごいたり、我慢汁を塗り伸ばしたりをくり返していた。

「で、でも……俺は処分されるんですよね」

「工藤さんも中山さんも、自分たちから川田くんを誘ったと認めたわ。合宿施設での淫行は問題だけど、それはわたしも同じだから……」

真理恵はそう言うと、ふふっと妖しげな笑みを漏らす。そして、舌を伸ばして亀頭をネロリと舐めまわした。

「ううッ、か、課長……」

呻きながらも新たな疑問が生じる。

なぜ真理恵は、杏奈と日菜乃がこの部屋にいることに気づいたのだろうか。この施設は意外と造りがしっかりしているので、声は聞こえないと思っていた。

「ど、どうして、課長はこの部屋に……」

「わたしの部屋は隣だもの。いくらなんでも聞こえるわよ。でも、ほかの部屋には聞こえていないと思うわ」

どうやら、淫らな声が耳に届いたらしい。それで部屋を訪れて、裸の杏奈と日菜乃を見つけたのだろう。

「それにしても、川田くん、いったい何人と関係を持ったの？」

真理恵は呆れたように言うと、亀頭をぱっくり咥えこんだ。

「ううう ッ……そ、それは……」

呻きながら女性たちの顔を脳裏に思い浮かべる。

杏奈と日菜乃、それに真理恵。さらにはビジネスマナー講師の透子ともセックスしている。この合宿中、じつに四人もの女性と関係を持っていた。

「まあ、いいわ。問題にならないように気をつけてね」

真理恵は深く追及しなかった。

それよりペニスのほうが気になるらしい。亀頭だけ口に含んで、クチュクチュと舐めまわしていた。

「川田くんのこれ、大好きなの……あふンっ」

鼻にかかった声でささやいて目を細める。

舌を使って亀頭に唾液をたっぷり塗りつけては、チュウチュウと吸茎することをくり返す。そのたびに尿道のなかの我慢汁まで吸い出される。蕩けるような快感がひろがり、ペニスは雄々しく反り返った。

「くううッ……工藤さんと中山さんは、課長がこんなことをしてるって、知ってるんですか？」

「知ってるはずないでしょう。悪いけど、独り占めさせてもらうわ」

真理恵は妖艶《ようえん》な笑みを浮かべてペニスをしゃぶる。口から出すと、舌を伸ばして裏スジやカリの周囲をくすぐった。

「うッ、ううッ……す、すごいです」

「こうすると、お汁がいっぱい出るのよ」

「そ、そんなにされたら……うううッ」

快感で頭のなかが痺れはじめる。

我慢汁を分泌させてはすすり飲む。なんて淫らで挑発的な愛撫なのだろうか。執拗に舐めまわされて、なにも考えられなくなっていく。

「ど、どうして、こんなことを……」

ピンク色に染まった意識のなかで、素朴な疑問を口にする。

杏奈と日菜乃、透子、それに真理恵。四人もの女性に誘われて、淫行の日々を送った。なにかが起きているとしか思えなかった。

「どうしてかしら、すごく欲しくなってしまうの……」

真理恵も不思議に思っているらしい。

自分で自分の欲望が理解できないようだ。とにかく昂りにまかせて、こうして身近な和樹を誘っているのだろう。

「ああっ、すごいわ、川田くんって逞しいのね」

うっとりした声でささやき、ペニスをぱっくり咥えこむ。そして、首をゆったり振りはじめた。

「くううッ、ま、待って……ううッ」

本格的にしゃぶられて焦りが生じる。

今日は何回射精したのだろうか。またしても射精欲がふくらんで、睾丸のなかで精液がグツグツと煮え立つのがわかる。先ほどすべてを放出したつもりでいたが、新しい精液が生成されたのだろうか。

「ンっ……ンっ……」

真理恵が唇をゆったり滑らせる。

太幹をヌルヌルと擦られて、甘ったるい快感が下半身に蓄積されていく。すぐに許容量を超えるのは目に見えていた。そのとき、精液が勢いよく噴きあがるのだ。絶頂の予感に全身が小刻みに震え出した。

「そ、そんなにされたら……」

「出して……飲みたいの。いっぱい出して」

くぐもった声でささやき、真理恵が首の動きを徐々に早くする。

ジュポッ、ジュポッという卑猥な音が響きわたり、快感がどんどん大きくなっていく。舌が亀頭にからみつき、射精をうながすように尿道口をくすぐった。

「うううッ、い、いいっ」

「あふッ……むふッ……はううッ」

真理恵の鼻にかかった声も、牡の欲望を刺激する。猛烈にしゃぶられて、ついに射精欲が限界を突破した。

「おおおッ、で、出ますっ、おおおおッ、くおおおおおおおッ！」

上司の口のなかで射精する。その背徳感が愉悦を何倍にもアップさせて、精液の量も倍増した。ペニスがビクビクと跳ねまわり、快感で頭のなかがまっ白になる。精液が駆け抜けるたび、尿道口が愉悦で熱くなっていく。

「あむうううッ」

真理恵は頬を窪ませて男根を吸いつづける。

射精中も吸茎されるのがたまらない。絶頂が長くつづいて、身も心もドロドロに蕩けていくようだ。

「き、気持ちいいっ、くうううううッ！」

最高の快楽に酔って、いつまでも呻きつづける。

真理恵はペニスを根もとまで含んだまま、注ぎこまれる側から躊躇することなく精液を飲みくだす。目をうっとり閉じて、濃厚なザーメンを味わっていた。

8

「はぁっ……たくさん出たわね」

真理恵はペニスから唇を離すと、ため息まじりにつぶやいた。

瞳がねっとり潤んでおり、欲情しているのは明らかだ。仰向けになっている和樹に添い寝すると、胸板に頰を寄せて乳首に舌を這わせた。

「うっ……く、くすぐったいです」

「ねえ、欲しくなっちゃった」

甘えた声でささやき、射精した直後のペニスに指を巻きつける。そして、萎えることを許さないとばかりに、ヌルヌルとしごきはじめた。

「ううっ……お、俺のチ×ポが欲しいんですか」

快感に呻きながら問いかける。

刺激を与えられたことで、ペニスはいちだんと硬くなり、自分でも驚くほど反り返った。大量に射精したばかりなのに、亀頭も竿も張りつめている。求められることで精力が増している気がした。

「欲しい……川田くんのこれが、オチ×チンが欲しいの」

真理恵はペニスを握ったまますうなずくと、腰を物欲しげにくねらせる。もう一刻の猶予《ゆうよ》もならないといった雰囲気だ。

「でも、まずくないですか。課長は人妻なわけですし……」

わざとそんなことを言って焦らしてみる。すると、真理恵は拗ねた顔をして和樹の乳首を甘噛みした。

「ううっ……」

「いじわるしないで……川田くんに挿れてほしいの」

さらに真理恵は指を巻きつけたままのペニスをキュッと握ると、和樹の太腿に自分の股間を押しつける。

脚を内腿で挟んで、陰唇を密着させたのだ。すでに大量の華蜜で溢れており、ぐっしょり濡れている。腰を揺らして擦りつけると、クチュクチュと湿った音が響きはじめた。

「あンっ……早くちょうだい」

真理恵は色っぽい声を漏らして求めている。和樹の脚を使って、オナニーしているような状態だ。

「そこまでされたら……」

和樹は体を起こすと、真理恵に覆いかぶさった。

この合宿中にたくさんの経験を積んだ。成長したところを真理恵に見せたい。そして、思いきり感じさせたかった。

仰向けになった真理恵の脚を開かせる。

逆三角形に手入れされた陰毛の下に、サーモンピンクの陰唇が見えた。華蜜で濡れ光り、割れ目が左右に開いてペニスを待ち受けている。なかの襞が蠢いているのがわかって、牡の欲望が猛烈に刺激された。

「挿れますよ」

「来て……」

声をかけると、真理恵はこっくりうなずく。すると、たっぷりした乳房がタプンッと揺れた。

「あンっ……お願い、早く……」

亀頭を押し当てると、真理恵は我慢できないとばかりに腰をよじる。今にも泣き出しそうな顔になっておねだりした。

「いきますよ……ふんんッ」

腰をゆっくり押し出してペニスを挿入する。

膣のなかはマグマのように熱くて、ドロドロになっていた。そこに亀頭を埋めこんで、奥へ奥へと突き進む。根もとまでずっぷり入ると、膣襞がからみついて亀頭と竿を締めつけた。

「あああッ、い、いいっ」

真理恵が甘い声をあげる。

「ううう……全部、入りましたよ」

和樹も呻きながら、さっそく腰を振りはじめた。

ペニスをゆっくり後退させると、再び根もとまで押しこんでいく。最初はスローペースのピストンで男根と女壺をなじませる。そして、徐々にスピードをあげて、ペニスをテンポよく出し入れした。

「あッ……あッ……」

真理恵の熟れた身体は敏感に反応する。下腹部が艶めかしく波打ち、くびれた腰が左右にくねった。

「感じてるんですね」

両手を伸ばして乳房を揉みあげる。

柔肉に指を沈みこませて、溶けそうな感触を楽しむ。先端で揺れる乳首を指先で摘まんで、こよりを作るように転がした。

「ああッ、い、いいっ、もっと動いて」

喘ぎ声が大きくなる。真理恵はさらなるピストンを欲して、股間をはしたなくしゃくりあげた。

「そんなに欲しいんですか」

「ほ、欲しい……欲しいの」

真理恵は欲望を隠すことなく、和樹のピストンに合わせて股間をクイクイとしゃくりつづける。

「そんなに動かしたら……ううッ」

快感がふくれあがり、和樹も呻き声を抑えられない。

求められると興奮が倍増する。その結果、腰の動きが加速して、ペニスを力強く出し入れした。

「ああッ、い、いいっ、もっとっ」

真理恵は両手を伸ばすと、和樹の体にしがみつく。両脚も腰に巻きつけて、ヒイヒイと喘ぎはじめた。

「くううッ、このままイカせてあげますよっ」

女体をしっかり抱きしめると、正常位で腰を振りまくる。首スジにキスの雨を降らせて、耳たぶにむしゃぶりついた。

「はあああッ、いいっ、イカせてっ、川田くんのオチ×チンでイカせてっ」

完全に快楽に屈している。真理恵は手放しで喘いで和樹にしがみつく。もう昇りつめることしか考えていないのか、ペニスで突かれるままになっていた。

「おおおッ……おおおおおッ」

このまま真理恵を絶頂に追いあげたい。上司を屈服させて、喘ぎ狂わせたい。そんな欲望に囚《とら》われて、力強く腰を振りつづけた。

「ああッ、ああッ、も、もうっ、あああッ、もうダメぇっ」

真理恵の喘ぎ声がいっそう大きくなり、膣がキュウッと締まってペニスを締めつける。女体がガクガクと震えて、いよいよアクメの急坂を駆けあがった。

「い、いいっ、いいのっ、イクッ、イクイクッ、はあああああああああああッ！」

ついに真理恵が絶頂に昇りつめる。よがり泣きを響かせながら、女壺でペニスを思いきり締めつけた。

真理恵の股間から、なにかがプシャアアッと飛び散った。どうやら潮《しお》を吹いたらしい。いわゆるハメ潮というやつだ。真理恵は潮をまき散らしながら、はしたなくアクメを貪った。

「くおおおおッ、で、出るっ、出る出るっ、ぬおおおおおおッ！」

和樹は真理恵の絶頂を見届けると、獣のような声を振りまいて欲望を解放した。

ペニスを根もとまでたたきこみ、思いきりザーメンを放出する。強烈な快感で全身が痙攣して、なにも考えられなくなっていく。うねる女壺に絞り出されるのが気持ちいい。すべてを出しつくそうと、ペニスを奥へ奥へと突きこんだ。

尊敬する上司を組み伏せて、ハメ潮を噴かせるほど深いアクメを味わわせた。その事実が、和樹の快感をより高めていく。大量の精液を吐き出して、脳髄まで蕩けそうな愉悦を堪能した。

エピローグ

新人研修合宿は五日目の朝を迎えていた。

この日は講義がなく、朝食を摂ったら帰京することになっている。

食堂に集まった新入社員たちは、みんな楽しそうだ。東京に帰れるのがうれしいのだろう。それは和樹も同じだ。

（なんとか無事に終わったな……）

心のなかでつぶやき、小さく息を吐き出した。

とにかく、安堵の気持ちが強い。想定外のことがいろいろあったが、この合宿を無事に終えられることがなによりうれしかった。

「やっと小降りになってきたわね」

となりに座っている真理恵が、窓の外を見つめてぽつりとつぶやいた。

昨夜の荒淫の影響なのか、どこかぼんやりしている。瞳はしっとり潤んでおり、心ここにあらずといった感じだ。

「雨、あがりそうですね」

和樹も窓の外に視線を向ける。

昨夜、遅くにかなりの雨が降った。明け方近くまで大雨だったが、今は小降りになっていた。

「ちょっとよろしいですか」

ふいに声をかけられてはっとする。外に気を取られているうちに、食堂のおじさんがすぐ隣に立っていた。

「なにかあったんですか？」

「今、村役場から連絡があったんですが、昨夜の大雨で川が溢れて、駅に向かう道が通れなくなってしまったようです」

「ほかの道はないんですか？」

「村との往復しかできません。よくあることなんです。二、三日もあれば水が引きます。追加料金はかからないので、それまではゆっくりしてください」

おじさんは状況を説明すると厨房に戻っていった。

食堂で働いている人たちは村に住んでいるので、とくに生活に支障はない。川の氾《はん》濫《らん》になれているらしく、さほど気にしている様子はなかった。

（参ったな……）

　予想外の事態が起きてしまった。

　一日の休みをはさんで、明後日からの通常業務が滞ってしまう。自然災害なので仕方ないが、この合宿施設を選んだのは和樹だ。

「課長、すみません」

　責任を感じて謝罪する。平社員の自分はともかく、課長である真理恵は困ることが多いはずだ。

「川田くんが謝ることではないわ。仕方がないことだから休暇だと思ってのんびりしましょう」

　真理恵は微笑を浮かべて、そう言ってくれる。

　しかし、新人研修合宿の担当者としては、落ち着いていられない。なんとかして駅に向かう手段はないだろうか。

「俺、ちょっと村役場に行ってきます」

　ぼんやりしているわけにはいかない。雨も小降りになっていることだし、村役場で詳しい状況を聞くつもりだ。

あとのことは真理恵に任せて、急いで駐車場に向かった。

外に出ると、すでに雨がやんでいた。空はまだ曇っているが、このまま晴れそうな雰囲気だ。

(本当に二、三日もかかるのか?)

とにかく車で村役場に向かう。

駅方面に進み、途中で曲がったところに村がある。場所はわかっていたが訪れるのははじめてだ。

意外なことに駅周辺より栄えている。

住宅やアパートが建っていて、商店や食堂がいくつもある。歩行者も車も普通に見かけた。

標識に従って進むと、やがて村役場に到着した。

近くに商店街があって、人がたくさん歩いている。若い夫婦やカップルが多いのが意外だった。

(でも、なんかヘンだな……)

女性のほうは都会っぽくて垢抜けているが、男性はいかにも地元の人といった感じだ。よく見るとアンバランスな組み合わせばかりだった。

（たまたまかな……）
不思議に思いながらも村役場に入り、担当者に道路の復旧について話を聞いた。
食堂のおじさんが言っていたことと、たいして変わらなかった。川が氾濫すること
はめずらしくなく、放っておけば二、三日で水が引くという。ほかに抜け道はなく、
村から出られないということだ。
「ところで、この村の女性はずいぶん都会的ですね」
なんとなく気になったので、ついでに尋ねた。
ところが、村役場の担当者は急にむっつり黙りこんだ。なにか気分を害することを
言ってしまったのだろうか。
それ以上、会話をひろげることはできず、和樹は村役場をあとにした。
合宿施設に戻ると、まずは川の状況を真理恵に報告する。どうすることもできない
以上、ここにとどまるしかなかった。
（それにしても……）
なにか釈然としない。
思っていたより栄えていたとはいえ、田舎の村であることに変わりはない。若者が
惹かれる要素はなにもない村だ。それなのに、田舎に不釣り合いな若い女性が多くい

たのが腑《ふ》に落ちなかった。

(川の様子でも見に行くか)

一階の廊下を歩いていると、食堂のおじさんを見かけた。

「あっ、すみません」

思わず声をかける。

そして、村役場の近くで見かけた若い夫婦やカップルのことを尋ねた。自分でもなぜかはわからないが、気になって仕方なかった。

「それは花粉の影響でしょうな」

おじさんはすぐにピンときたらしい。とくに秘密にする様子もなく、あっさり教えてくれた。

「花粉と若い夫婦が、どう関係してるんですか？」

「春先……ちょうど今の時期に花粉が飛ぶんですよ。村の人はなれてるから大丈夫なんですけど、外から来た人は影響を受けてしまうんです。赤い花なんですけどね。山のなかを探せば、どこかに咲いていますよ」

「よくわからないんですけど……」

話がさっぱり見えない。おじさんの言わんとしていることがわからず、内心苛々《いらいら》していた。

「その花粉を吸うと、欲が強くなってしまうんです」

「欲が強く？」

「ええ、つまり発情するんです。女の人だけなんですけどね。どういうわけか、男の人にはまったく影響がないんです」

おじさんの話はいよいよ核心に触れる。

「まさか、そんなこと……」

「村では常識なんですよ。まあ、花粉症みたいなもんです。女性でも影響を受ける人と受けない人がいます。症状がすぐに出る人もいれば、遅れて出る人もいる。どうしてかはわかっていません」

結局のところ、なにもわかっていないという。

（赤い花……）

そういえば、何度か見かけている。

東屋の近くに咲いていたし、登山研修のときにもチラリと見えた。あの花の影響で女性が発情するというのだろうか。

「こんな田舎の村でも、たまには山登りやハイキングで都会から来る人がいます。そんな女の人たちが花粉の影響を受けて、村の男と結ばれることがあるんですよ。だから、垢抜けた女性が多いんです」

おじさんの話は衝撃的だった。

そんな花があるのに、どうして知られていないのだろうか。おじさんは教えてくれたが、村役場の人は口が重かった。悪用されるのを危惧して、村で隠そうとしているのかもしれない。

和樹は部屋に戻ると、スマホで花粉のことを調べた。しかし、いっさい情報は出てこなかった。

しかし、杏奈や日菜乃、それに透子と真理恵も花粉の影響を受けていたのではないか。あの発情の仕方は普通ではない。彼女たちの本性ではなく、花粉の影響だと考えるのが自然な気がした。

(こんな村に、あと二、三日いたら……)

考えると恐ろしくなってくる。

この合宿施設に二十四時間いる男は和樹だけだ。ほかにも発情する女性が出てきたら、どうなってしまうのだろうか。

トントンッ――。

部屋のドアをノックする音が響いた。

「はい……」

和樹は急いで入口に向かった。

おそらく真理恵が今後のことを話し合いに来たのだろう。道路が復旧するまでの間、なにか特別な講義をするのか、それとも自由時間にしてのんびりするのか決めなければならない。ドアを開くと、そこにいたのは真理恵ではなかった。

「えっと、あなたたちは確か――」

スーツ姿のふたりの女性が立っている。

杏奈と日菜乃ではない。名前はすぐに思い出せないが、顔は覚えているので間違いなく新入社員だ。

「あの……ちょっとご相談があるんですけど」

女性のひとりがつぶやいた。

瞳がやけに潤んでいるのが気になった。頬が赤らんでおり、呼吸も若干乱れているようだ。

「お部屋に入れていただいてもいいですか」

もうひとりの女性がささやいた。

やはり瞳がねっとり潤んで、妖しげな光を放っている。タイトスカートのなかで内腿をもじもじ擦り合わせていた。

ふたりとも、明らかに発情している。例の花粉の影響を受けているのは間違いなかった。

（了）

＊本作品はフィクションです。作品内に登場する人名、
地名、団体名等は実在のものとは関係ありません。

長編小説
とろめき村《むら》の淫《みだ》ら合宿《がっしゅく》
葉月奏太《はづきそうた》
2024年1月29日　初版第一刷発行

ブックデザイン…………………… 橋元浩明(sowhat.Inc.)

発行所……………………………………株式会社竹書房
〒102-0075　東京都千代田区三番町8－1
三番町東急ビル6F
email：info@takeshobo.co.jp
http://www.takeshobo.co.jp
印刷・製本………………………中央精版印刷株式会社